언제나 파일럿

언제나
파일럿

○—〰〰〰〰—○

B777 캡틴 제이의
비행노트

○—〰〰〰—○

정인웅 지음

루아크
NUACH

스스로의 능력에 회의가 들 때면

너를 뽑아준 전문가들의 눈을 믿어봐!

네가 생각하는 것보다

너는 훨씬 괜찮은 조종사야.

일러두기

1. 본문에 쓰인 항공용어는 되도록 현장에서 사용하는 표현 그대로 표기했으며, 이해를 돕기 위해 필요한 부분에는 설명을 덧붙였다.
2. 항공약어 본딧말과 그 해석은 2017년 국토교통부에서 고시한 〈항공약어 및 부호 사용에 관한 기준〉을 참고했으며, 본문에 처음 등장할 때만 병기했다.

바이러스가 모든 것을 바꿔버린 지난 2년 동안에도 다행히 내가 조종하는 B777은 쉼 없이 대륙과 대륙, 도시와 도시를 연결했다. 비행 중에 있었던 이야기들을 하나씩 올릴 때마다 사람들은 격하게 호응해주었고 다음 글을 기다려주었다. 그렇게 쌓인 글들을 엮어 다시 세상에 내놓는다.

첫 책에 비해 조금 더 전문적인 이야기를 담았다. 항공업계에 몸담고 있지 않은 분에게는 조금 어려운 글일 수도 있지만, 그렇다고 시시콜콜 다 이해할 필요는 없다. 그저 민항기를 이용할 때 조종사들이 '이런 고민을 하고 있었구나' 하는 마음으로 이 책을 읽는다면 부담 없이 책장을 넘길 수 있을 것이다.

정비사, 운항관리사, 승무원, 지상 직원, 관제사, 공항 보안관리자 등 헤아릴 수 없이 많은 직종의 사람들이 하나의 목표, 곧 '비행기를 안전하게 띄우고 착륙시키는 일'을 위해 매일 분투하고 있다. 그리고 그 수많은 사람이 부대끼는 공간 한가운데에 조종사의 책상, 바로 칵핏Cockpit, 항공기 조종석이 위치한다. 그 공간에서는 매번 다양한 일들이 일어난다. 빠른 결정이 필요한 급박한 상황이 펼쳐지기도 하고, 서로 간에 갈등이 발생하기도 하며, 재미있는 에피소드가 생기기도 한다.

그 작은 공간에서 일어나는 많은 일을 해결해나가는 과정에서 나는 어떻게 하면 더 좋은 조종사, 안전한 조종사가 될 수 있을지 끊임없이 고민한다. 그 고민을 풀어가는 데 있어 내가 찾아낸 중요한 룰이 하나 있다. 상대가 알아주든 말든 '배려'하는 것이다. 이곳만큼 서로에 대한 배려가 절실한 곳이 또 있을까 싶다. 그래서 적어도 내가 기장이 되어 비행하는 공간에서만큼은 승객과 크루 그리고 지상 직원들을 어미새가 알을 품듯 따뜻하게 보호하고 배려하고자 한다. 누군가를 배려할 수 있는 위치에 있다는 건 정말 소중하고 영광스러운 일이다. 아직도 삶에 미숙하지만 나는 이것보다 더 나은 가치를 찾지 못했다. 독자들께 그 마음이 조금이라도 전해진다면 더없이 좋겠다.

늘 힘을 주시는 분들께 감사 인사를 드리고 싶다. '두바이 거지'를 언제나 걱정해주시는 모든 분들, 특히 김경태 선배님, 강헌 기자님, 동기생 박일수 기장, 최공순 대표께 마음속 깊이 인사를 건넨다.

또 항상 힘이 되어준 두바이 동기생들, Josu Zautua, Christian Lavik, Cristian Caicedo 그리고 Jonathan Parrish에게도 감사의 마음을 표한다. 동기들이 같이 해주었기에 이 모든 일이 가능했다.

생전에 《어쩌다 파일럿》을 영어로 같이 번역할 날을 기다리시던 아이다호 보이시의 Bill Woodall 교수님 영전에 이 책을 바친다.

두바이에서

캡틴 제이

차례

1장

그라운드

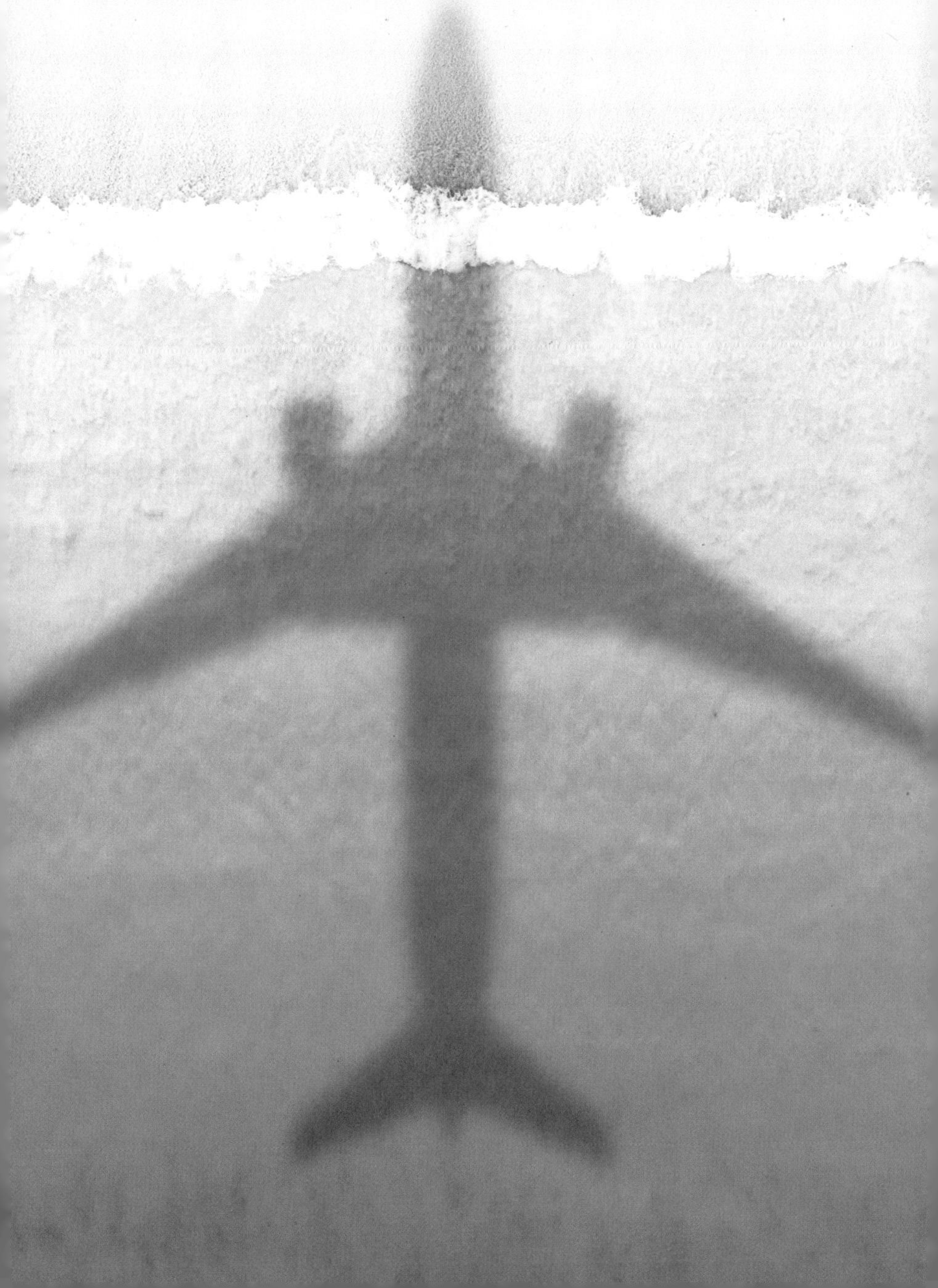

Protect the Hub

"Protect the Hub."

누가 이 말을 만들었는지 몰라도 기막힌 문구다. 아침에 일어나보니 심한 안개가 두바이를 뒤덮고 있었다. 며칠 동안 한낮에도 후텁지근한 게 습도가 높은 느낌이었는데 기어코 이 아침 시간에 CAT3(시정 100미터) 기상으로 시정이 떨어졌다.

이런 저시정 기상은 일 년에 보통 열흘 안쪽으로 발생한다. 두바이공항의 ILSInstrument Landing System, 계기착륙시설는 세계 최고 수준인 CAT3B(시정 75미터)다. 이는 아파트 맞은편 동이 간신히 보일 정도의 시정에서도 항공기가 착륙할 수 있다는 의미다. 이때는 착륙하는 항공기 간의 간격을 평상시보다 훨씬 많이 벌려준다. 그리고 지상에서 이륙을 위해 택시하는 항공기가 계기착륙 중인 항공기에 전파간섭을 줄 수 있어서 ILS민감지역ILS Sensitive Area을 보다 엄격히 보호해줘야 한다. 이러다 보니 시간당 처리할 수 있는 항공기 대수가 현저히 줄어든다. 한번은 바레인에서 두바이로 오는 30분 비행 구간에서 3시간을 버틸 홀딩연료를 채우고 이륙한 적도 있다. 만약 이런 상황에서 누군가 충분한 연료를 채우지 않고 두바이로 향했다면 항공기는 어쩔 수 없이 인근 공항으로 회항해야 한다. 문제는 이런 항공기가 일시에 많이 발생하면 최종 목적지로 환승해야 하는 승객에게는 여행 일정에 큰 차질이 빚어진다는 것이다. 이런 대량 회항 사태는 그 여파가 며칠 동안 이어진다. 그래서 등장한 개념이 바로 "Protect the Hub"(우리 허브공항을 지켜라)인 것이다.

안개가 예보되지는 않았지만 평상시 통계 데이터를 활용해 이날 아침 B777 항공기들에는 6~10톤의 추가 연료가 실렸을 것이다 (보통은 약 3톤의 예비연료를 가지고 돌아옴). 1시간 이상 홀딩이 가능한 연료다.

랜딩은 활주로를 식별하지 못한 채 접지 직전에서야 코앞 터치다운존 라이트를 보게 되는 오토랜딩Auto Landing, 자동착륙을 해야 한다. 이후 속도를 줄여 활주로를 개방할 때도 철저히 그린라이트를 잘 살펴야 한다. 일반적인 조종사의 눈으로는 주변을 식별할 수 없기 때문에 바닥에 밝혀진 그린 택시웨이 센터라인 라이트를 따라 엉금엉금 이동할 수밖에 없는 것이다. 그러니 통상 랜딩 후에 자신에게 배정된 게이트까지 이동하는 데 평상시보다 몇 배의 시간이 소요된다.

조종사들 스트레스도 이만저만이 아니다. 지시된 곳까지 몇 번을 단계적으로 확인한 뒤 이동해야 하고, 막 다다른 홀딩지점에서는 안개 속에서 불쑥 A380 같은 대형기의 꼬리가 보이기도 하니 도무지 속도를 낼 수 없다.

이런 날이면 공중에서 대기하는 항적이 최소 20여 대가 넘는다. 조종사나 승무원, 관제사 그리고 그 외 공항의 여러 직원에게는 매우 긴 하루일 것이다.

조종사들은 어떤 평가관을 선호할까?

정기 시뮬레이터 평가를 준비하면서 그간 만났던 여러 평가관들을 떠올려보았다. 비상상황에 처한 항공기에서 기장에게 주어진 기회는 '단 한 번'뿐일 수도 있다. 그만큼 절박함을 갖게 된다. 이륙 후 고장 난 항공기를 가장 빨리 안전하게 그리고 실수 없이 합법적인 곳에 랜딩시키려면 길어야 수십 초 안에 기본적인 응급처치(체크리스트)만 끝내고 기수를 근처 공항으로 돌려야 한다. 그런데 평가 시나리오를 만들 때 평가관들은 조종사들이 첫 시도에서는 랜딩하지 못할 난이도 높은 상황이나 조종사가 평소 접하지 못한 특이한 함정이 있는 장소를 준비한다.

종종 비상이 걸린 항공기는 시간이 부족해 연료를 충분히 버리

지 못한 채 오버웨이트Over Weight, 최대착륙중량 초과 상태로 접근을 시작하는데, 이때 돌발 변수가 생긴다면 여기에 대처하는 유일한 방법은 일단 접근을 중지하고 다시 시도하는 길뿐이다. 억지로 욱여넣으면 십중팔구 타이어가 터져 화재가 발생하거나 활주로를 이탈할 수도 있다. 냉정을 잃지 않고 접근을 중지하면 다행히 '페일'은 면할 수 있다. 간신히 패스하는 것에 만족해야 하지만….

민항기 조종사들은 늘 시뮬레이터 평가에 들어가기 전 이런 함정들을 사전에 서로 공유하려고 노력한다. 시뮬레이터 평가는 6개월마다 돌아오는데 후반기에 들어갈수록 정보가 돌고 돌아 함정에 걸리는 사람이 거의 없다. 처음에 아무것도 모르고 들어가는 몇몇 운 없는 조종사만 희생양이다. 그래서 일부 평가관은 이런 운 없는 사람이 생기는 것을 방지하기 위해 평가임에도 사전 브리핑을 통해 함정에 대해 미리 언급하기도 한다. 실수를 통해 얻는 교육 효과와 실수를 방지함으로써 얻는 교육 효과에 큰 차이가 없다면서 그것이 공평한 평가라고 보는 것이다.

그런데 "그 사람 조심해"라는 입소문과 함께 리스트에 오른 평가관들은 절대 미리 알려주는 법이 없다. 오히려 아주 교묘한 함정을 만들어 피평가자를 몰아간다. 그리고 그 조종사가 함정 앞에 다다랐을 때 어떻게 행동하는지 살핀다. '스타틀 이펙트Startle Effect, 놀라서 순간 사고가 정지하는 현상'라는 상황을 하필 가장 절박한 상황에서 만나도록 설정해놓고는 조종사의 다음 결정을 지켜보는 것이다. 이때 억지로 랜딩을 시도하는지 아니면 실수를 인정하고 고어라운드Go-Around, 복행한 뒤 다시 상황을 판단하고 새로운 결정을 내리는지 평가하는 것이다. 바뀐 환경을 '리어세스Reassess, 다시 판단'한다고 표현한다.

시뮬레이터를 잘 타는 사람은 여우같이 어디에 함정이 있는지 미리 알고 처음부터 근처에 가지 않거나, 갑자기 발 앞에 등장한 함정을 폴짝 뛰어넘는다. 뛰어넘을 때 가장 중요한 기술은 '자신에 대한 자책은 일단 미루고 냉정을 유지하는 것'이다. 이때 가장 나쁜 건 '아, 망쳤다'라는 부정적 감정에 휩싸이는 것이다. 아마 실제 비행 중에 발생한 상황이었다면 절대 포기하지 않았을 것이다.

그럼, 조종사들은 어떤 평가관을 선호할까? 아니, 어떤 평가관이 좋은 평가관일까? 두 질문의 답이 서로 다르지 않을 것 같다.

오디트 비행의 의미

내 스케줄을 종종 챙겨보는 친구가 물었다.

"네 스케줄에 들어가 있는 기장은 누구야?"

"응? 누가 들어가 있다는 거야?"라고 답하고는 스케줄표를 열어보니, 떡 하고 오디터Auditor, 검열관 한 명이 들어 있었다. 오디터가 리저브Reserve, 대기 조종사에게까지 배정된다는 게 이해되지 않았고, 갑자기 불쑥 이 스케줄이 나온 것도 이상했다.

"뭐 잘못한 거 없는지 생각해봐!"라는 친구의 농담에 일고의 가치도 없는 헛소리라고 말하긴 했지만 뒤돌아 생각해보니 아무래도 찜찜했다. 이리저리 생각을 굴려봐도 나를 노리고 들어오는 '핀포인트 오디트Pinpoint Audit'는 아닌 듯했다.

그렇게 비행을 준비하는데 오디터로부터 이메일이 왔다. 내용은 원래 계획된 스케줄의 기장이 몸이 좋지 않아 빠지는 바람에 졸지에 내가 대기 중이어서 선정되었다는 것이다. 어쨌든 이유를 알았으니 한시름을 놓고 비행에 나갈 수 있었다.

각 항공사에는 오디터가 비행에 동승하는(전체 인원의 약 10퍼센트 선에서 일 년에 한 번) 이른바 '라인 오디트 비행'이 있다. 국내 항공사에 있을 때 운항품질부 간행물검열관Quality Assurance Publication Auditor으로 3년 정도 근무한 적이 있어서 이 시스템에 관해 잘 알고 있다. 그 항공사의 안전관리제도는 국제 기준에서도 높은 수준이다. 비록 20여 년 전 여러 건의 중사고로 체면을 구기긴 했지만, 이후 20년 동안 성공적으로 체질을 개선해 별다른 사고 없이 높은 수준의 안전관리체계를 완성했다. 이런 비행안전에 운항품질부의 역할이 컸다고 생각한다. 이 부서의 역할은 개인의 문제점을 통해 조직 전체의 문제점을 유추하고 바로잡는 데 있다. 개인의 실수는 사실 관심 사항이 아니다. 보다 구조적인 문제점을 개인의 절차 위반을 통해 찾아내는 것이 핵심이다. 그래서 라인 오디트에서 발견한 문제를 당사자에게 알리지 않고 사무실로 가져온다. 그 안건을 놓고 토의를 거쳐 제도 개선이 필요하다고 판단되면 해당 부서에 전달해 절차나 정책에 반영하도록 요구한다. 다시 말하지만 개개인의 연관성 없는 실수는 관심 사항이 아니다. 트렌드를 살피면서 '근본 원인Root Cause'을 찾아내려고 노력하는 것이다.

현재 몸담고 있는 항공사에서도 정확히 동일한 프로세스를 지키고 있었다. 비행을 마치고 해줄 말이 없는지 물어보니 전혀 입을 열지 않는다. 오디터는 그래야 한다. 오디터가 오디티에게 이래라저래라 말하기 시작하면 문제가 생기기 마련이다. 아프다는 핑계를 대며 비행 직전에 빠지는 사람이 나온다. 공정한 오디트, 곧 개인에게 피해가 되는 오디트가 되지 않을 것이라는 신뢰가 없으면 이 제도는 효과를 보기 어렵다. 오죽하면 오디터를 '벽에 붙어 있는 파리' 같아야 한다고 말할까.

조종사의 습관이 중요한 이유

예전에 만난 어느 조종사는 늘 비행할 때 야구모자를 썼다. 나역시 야구모자 하나를 늘 가지고 다닌다. 해를 바라보고 이륙이나착륙을 해야 할 때를 위해서다. 그런데 그 조종사는 용도가 달랐다. 엔진에 문제가 많은 낡은 비행기를 조종했던 그는 비행 중 엔진 하나를 셧다운해야 할 때 혹시 실수로 살아 있는 엔진을 끌까 봐 상태가 좋은 엔진의 연료제어스위치Fuel Control Switch 위에 모자를 벗어 씌워놓곤 했던 것이다.

지금도 많은 조종사가 실수를 방지하기 위해 나름대로 여러 가지 '기억유발법Built in Memory Trigger'을 만들어 사용한다. 자신만의 체크리스트를 정해놓는 것은 흔한 기법이다. 어떤 경우에는 스티커를 준비해서 잊지 않아야 할 스위치 옆에 붙여두기도 한다.

한번은 이제 막 기장이 된 조종사의 칵핏에 들어간 직이 있다. 그 조종사는 창문 개폐 손잡이 위에 네 줄의 실을 색깔별로 묶어 늘 어뜨려 놓았다. 신임 기장으로서 지상에서 점검해야 할 사항이 많은 데 자주 빠뜨리다 보니 네 가닥의 실을 매어두고 점검 사항이 완료 될 때마다 하나씩 집어서 글레어쉴드 위로 올리는 방법을 고안한 것 이다.

사실 조종사가 SOPStandard Operating Procedure라고 말하는 표준운 영절차에 포함된 항목을 빠뜨리는 경우는 드물다. 문제는 비정상적 상황에서 이 표준절차를 벗어나야 하는 경우다. 이때 실수가 나온다. 이를테면, 엔진 시동을 모두 걸고 택시하기 직전 환자가 발생하는 상황이다. 이때 정비사를 항공기 인터폰에 연결시키곤 하는데, 문제 가 해결된 이후 그가 노즈기어 옆에 있다는 걸 잊고 택시를 시도하 는 일이 종종 벌어진다. 실제로 이 문제로 정비사가 엔진에 빨려 들 어갈 뻔한 사고가 있었다. 이를 방지하기 위해 택시라이트를 꺼두어 정비사가 노즈기어 옆에 있다는 걸 상기하는 조종사도 있다. 이처럼 익숙하지 않은 상황에서 실수가 발생하기 때문에 조종사 대부분은 자신만의 방법으로 실수를 방지한다.

나는 글레어쉴드 위에 손을 올려두는 방법을 종종 쓴다. 혹시 다른 바쁜 일로 집중이 흐트러졌을 때 이후 다음 절차로 넘어가면서 손이 글레어쉴드 위에 있는 걸 발견하면 '아, 지금 꼭 해야 할 일이 있었지!' 하고 깨닫는 것이다. 모든 것을 잊지 않을 수 있다면 좋겠

지만 나이가 들수록 기억력은 점점 퇴보하기 마련이다.

한편, 조종사들은 메모리로 시각, 청각, 촉각, 후각 모두를 사용한다. 예를 들어, 랜딩 전 사무장이 '캐빈 레디' 사인을 보내면 나는 꼭 소리를 내 "캐빈 레디!"라고 말한다. 시각적 메모리는 단기 메모리이며 반대로 청각이나 입술을 움직이는 근육 메모리가 훨씬 믿을 만하다는 걸 깨달은 결과다.

칵핏에 들어가서 첫째로 확인하는 다섯 개의 기어핀Gear Pin도 눈으로 확인한 뒤 반드시 "파이브 핀스!"라고 명확히 콜아웃한다(기어핀이 꼽힌 채 이륙하면 바퀴가 접히지 않아 연료를 버리고 돌아와야 한다. 잊을 만하면 되풀이되는 조종사들의 흔한 실수다). 그러면 이 핀을 확인하지 않고 다른 준비절차에 들어갈 때 무언가 빠뜨렸다는 신호를 귀와 입의 메모리가 계속 알려준다. 마치 "뭐 빠뜨린 거 없어?"라고 수호천사가 속삭이는 것 같다. 무언가를 빠뜨렸을 때 찜찜함을 느끼는 조종사의 직감이 바로 이런 익숙한 '시각, 청각, 촉각, 후각' 메모리에서 나온다. 이래서 조종사에게는 처음부터 좋은 습관을 들이는 것이 매우 중요하다.

기장의 결정에 뒤따르는 것들

B777에는 좌우 메인기어에 각각 6개의 타이어가 그리고 노즈기어에 2개의 타이어가 장착된다. 모두 14개다. 어느 날 칵핏에 도착해보니 정비계약을 맺은 스위스항공 엔지니어 둘이 머리를 맞대고 있었다. B777의 메인 랜딩기어 4번, 곧 맨 우측 바깥쪽 전면에 있는 타이어의 측면에 실밥이 드러났기 때문이다. 그냥 타이어를 바꾸면 편하겠지만 그럴 경우 출발 지연이 예상되기에 이들은 항공기를 합법적으로 보낼 근거를 찾기 위해 AMMAirplane Maintenance Manual, 항공기 정비 매뉴얼 항목을 뒤지면서 예외 조항과 현재 타이어 상태가 부합하는지 논의 중이었던 것이다. 심각한 손상을 입은 타이어는 반드시 교체해야 하며 예외는 허용되지 않지만, 문제는 다음 예문처럼

'should'를 어떻게 해석하느냐에 따라 조치가 달라질 수 있다는 것이다.

Tire **should** be removed if tread wears below bottom of tread groove.

이때 'should'는 무조건이 아닌 추천의 의미이기에 상황에 따라 교체하지 않고 운행해도 된다. 이와 관련해 추가 조항이 AMM에 'Note'로 나와 있다.

Note: If the tread reinforcement/cut protector(steel) shows, the tire may be used without safety concerns, but if the tire is left in service you may not be able to re-tread the tire.

해석하면 타이어의 트레드 바로 밑층에 있는 트레드 보강 부위나Reinforcement 보호 부위Cut Protector Plies가 드러난 경우라도 그 밑의 벨트Belt나 카카스Carcass 부분까지 손상된 것이 아니라면 계속 사용해도 된다는 의미다. 그러나 교체하지 않고 계속 사용할 때는 이후에 타이어가 재생이 불가능할 정도로 손상되어 폐기해야 할 위험도 있다는 것이다.

한편, 항공기 정비와 관련해서 MELMinimum Equipment List, 최소운용장비목록표 서두 챕터에 언급되어 있듯이 기장의 결정은 언제나 우선권

을 갖는다. 곧 기장이 안전하다고 판단하면 교체 없이 갈 수도 있고, 안전하지 않다고 판단하면 언제든 교체를 요구할 수 있는 것이다. 그런데 상상해보자. 지금 시카고에서 탑승이 진행 중이다. 조금 전 시작된 눈은 폭설로 바뀌어 점점 심해지고 있다. 이때 외부 점검 중 실밥이 보이는 타이어 하나가 발견되었다. 만약 타이어를 교체한다면 심각한 지연이 예상된다. 오늘 출발하지 못할 수도 있다. 하지만 그냥 출발하면 최악의 경우 해당 타이어 하나만 폐기하면 된다. 어떤 결정을 내리겠는가?

갈등은 어디에나 존재한다

케이프타운을 출발하기 10분 전에 로드시트Load Sheet, 항공기의 승객
과 무게를 기록한 서류를 막 점검하려는데 누군가 칵핏으로 들어서는 소리
가 들렸다. 사무장 케서린이었다. 그녀가 기장석 의자 뒤에 바싹 다
가와 있는 것이 느껴졌다. 하던 일을 잠시 멈추고 그녀를 향해 돌아
앉았다.

무슨 일인지 물으려는데 그녀 얼굴이 심상치 않았다. 벌겋게 상
기되어 있었고 눈에는 화가 가득했다. 지점 직원이나 승객과의 문제
라는 걸 직감적으로 알았다.

"비즈니스클래스 승객과 지점 직원이 관련된 문제가 있어요. 지
금 같이 해결하려고 노력 중이라는 걸 먼저 알려드리려고 왔어요."

"아, 출발이 지연될 수도 있겠네요. 진행 상황을 알려주세요."

여기까지 말하곤 서둘러 그녀를 돌려보냈다. 자세한 상황을 듣는 것보다는 그녀를 일단 캐빈으로 돌려보내는 게 일을 빠르게 해결하는 길일 듯했다. 약 5분이 지나지 않아 처음 보는 케이프타운의 지점 직원과 사무장이 함께 들어왔다. 다부진 체격의 남아공 직원이 빠르게 상황을 설명했다.

"기장님, 비즈니스클래스 승객이 플래티늄 멤버예요. 이분이 퍼스트클래스로 업그레이드를 요구하는데요. 이분보다 등급이 앞서는 분을 이미 업그레이드했기 때문에 규정상 할 수가 없어요. 이분은 처음에 이 문제로 항의하면서 받아들여지지 않으면 내리겠다고 소란을 피웠습니다. 하지만 충분히 설명하자 우리 입장을 이해했고 지금은 많이 차분해졌어요. 비행 중 문제가 되지 않을 거라 확신합니다. 진정되었어요."

여기까지 듣고는 사무장 표정을 살폈다. 그녀는 아직도 못마땅한 얼굴이었고 숨소리마저 거칠었다. 여전히 화를 누르고 있는 듯 보였다.

"사무장님은 아직 확신이 안 드시는 것 같네요. 케서린은 어떻게 생각해요?"

그녀는 감정을 억누르면서 또박또박 말을 이었다.

"이 승객이 캐빈에 들어서자마자 우리한테 소리를 지르기 시작했어요. 이건 캐빈 문제가 아니라 지점 문제인데 말이에요. 전 이분이 정말 진정되었는지 의심스러워요."

말을 마친 그녀의 눈빛이 순간 파르르 떨렸다.

"케서린, 이해해요. 나라도 그런 기분이 들었을 겁니다. 영문도 모른 채 욕을 먹으면요. 케서린이 동의하지 않으면 그 승객은 오늘 우리와 같이 비행할 수 없어요. 그리고 케서린은 지금 많이 흥분해 있어요. 내가 하는 말 잘 들어요. 지금 그 승객이 진정되었는지, 비행 중 문제를 일으키지 않을지 대신 판단할 크루를 찾으세요. 그 크루를 보내 승객의 감정 상태를 점검하게 하세요. 절대로 사무장이 직접 가서 판단하려 하지 말고요. 이해했죠? 그리고 제게 최종 결정을 알려주세요. 저는 사무장 결정을 따를 겁니다."

그러고는 시선을 돌려 지점 직원을 바라보며 고개를 끄덕여 동의하는지 살폈다. 다행히 그도 나를 응시하면서 고개를 가볍게 끄덕여주었다. 나는 혹시 사무장이 내 조언을 따르지 않으면 어쩌나 싶어 걱정하면서 그녀의 반응을 살폈다. 그런데 그녀가 바로 "그럴게요. 다른 크루를 보내 점검하고 다시 올게요"라면서 캐빈으로 돌아갔다.

잠시 후 그녀가 칵핏으로 다시 들어왔다.

"캡틴!"

그녀는 웃고 있었다. 조금 전까지 벌겋게 상기된 얼굴은 온데간데없었다.

"그 승객 괜찮을 것 같아요. 그냥 가도 되겠어요. 문 닫을게요."

이렇게 또 한 번 기장 승격 인터뷰의 단골 시나리오인 '갈등 해결의 중재자로서 기장의 역할'을 비교적 수월하게 마치고 푸시백을 시작했다.

울란바토르의 프리징포그

주차장을 밝히는 가로등 불빛이 방 안을 환하게 비추었다. 겨우 눈을 떠 창밖을 바라보았는데, 처음에는 눈이라도 내린 줄 알았다. 안개였다. 그것도 추운 겨울에 만날 수 있는 프리징포그Freezing Fog에 가까워 보였다. 순간 걱정스러운 생각이 스쳐 아이패드를 꺼내 항공 날씨 애플리케이션을 찾아 터치하자 이탈리아 밀라노 말펜사공항의 기상이 나왔다. 영상 2도였다. 온도로 봤을 때 항공기 날개를 얼려버릴 정도는 아니었다. 하지만 연료 온도가 영하로 떨어져 있다면 상황은 전혀 다르다. 냉동실에 두었다 꺼낸 수저 위에 여름철 하얗게 서리가 생기는 것처럼 항공기에도 'Cold Soaked Wing'이라는 현상이 발생해 연료탱크가 들어 있는 날개에 하얀 서리Frost가 들러붙는다. 이 현상 때문에 출발하지 못하는 경우도 생긴다.

이전에 근무했던 항공사에서 A330을 운항했을 때의 일이다. 현지의 연료 보급에 문제가 있어 탱커링Tankering, 돌아올 연료까지 싣고 가는 것을 결정하고 인천을 출발해 몽골의 울란바토르공항에 내렸다. 도착 후 항공기 외부 점검을 하다가 양쪽 날개 아래에 하얗게 서리가 낀 것을 발견하곤 급히 캐빈으로 올라가 날개 위를 살폈다. 날개 위에도 온통 서리가 앉아 있었다. 뜻하지 않게 디아이싱Deicing, 제빙을 해야 할 일이 생긴 것이다.

보통 영하 30도 이하에서 오랜 시간 비행을 하면 연료 온도도 주변 온도만큼 떨어지는데, 이때 따뜻한 지역에 내리면 날개 위에 하얗게 서리가 낀다. 그런데 이 경우에는 연료 온도가 영하로 떨어지지 않은 아직 따뜻한 상태로 프리징포그가 낀 영하의 날씨의 울란바토르에 착륙한 게 문제였다. 차가운 얼음 입자들이 따뜻한 연료 탱크 주변에서 녹아 순간 물방울로 변했다가 다시 얼어붙은 것이다. 이렇게 되면 양력을 발생시키는 날개가 더이상 제 성능을 발휘하지 못한다.

이날 디아이싱을 요구받은 현지 직원이 가져온 것은 '빗자루'였다. 울란바토르공항은 눈이 내려도 항공기 날개에 얼어붙지 않는 날씨가 대부분이기에 당시 디아이싱이나 안티아이싱AntiIcing, 방빙 장비를 구비해두지 않았다. 결국 해당 편은 그날 한국으로 돌아오지 못하고 다음 날 출발해야 했다. 연료 온도가 점점 떨어져 영하로 내려가면 자연스럽게 날개 위아래로 생긴 얼음들은 승화되어 사라진다.

이런 문제로 요즘 항공사에서는 목적지 공항의 기온이 영상 20도 이하로 예보되어 있으면 특별한 경우를 제외하고는 연료 탱커링을 제한한다.

작은 배려에서 나오는 시너지

"기장님, 서류 가져가도 될까요?"

모든 승객의 탑승이 완료되고 화물 로딩도 거의 끝나갈 무렵 지상 직원이 들어와 기장이 사인해둔 여러 서류를 요구했다. 서류를 건네자 이번에는 사무장이 칵핏으로 뛰어들어오다시피 했다.

"L1 도어 조종석 바로 뒤 좌측 첫째 탑승구 닫아도 될까요, 기장님?"

그녀는 빨리 문을 닫고 이륙 전 절차를 진행하고 싶어 조바심을 부렸다.

"네, 닫아도 좋습니다. 출발하시죠!"

그런데 만약 이 상황에서 관제사로부터 항공기 푸시백이 약 30분 지연될 것이라는 통보를 받았다고 해보자. 그러면 어떻게 해야 할까? 문을 열어두고 게이트 브리지를 연결한 상태로 기다려야 할까? 아니면 문을 닫고 브리지를 뗀 상태로 푸시백 허가가 나오기를 기다려야 할까?

이때는 동료 직원들에게 어떤 결정이 가장 좋을지 생각해봐야 한다. 브리지가 연결된 상태로 문을 열어놓는다면 기장으로서는 어떤 일이 벌어져도 일단 안심이 된다. 그 사이 화재가 발생하더라도 슬라이드를 팽창시켜 승객들을 하기시킬 필요 없이 열어둔 L1 도어를 통해 터미널로 안전하게 대피시킬 수 있다. 정비 문제가 벌어져도 바로 정비사를 탑승시켜 문제를 해결하고 출발하면 되니 시간 낭비를 줄일 수 있다. 반면 문을 닫고 30분을 기다리면 캐빈은 더 여유롭게 비행을 준비할 수 있고 지상 직원은 다음 게이트로 이동해 또 다른 항공기를 맞이할 수 있을 것이다.

자기 입장만 생각하면 끼니 때를 놓친 지상 직원들이 승객들 눈을 피해 직원 통로 계단에 앉아 햄버거로 점심을 때워야 하는 비참한 일이 생길 수도 있고, 캐빈 크루들은 충분히 여유롭게 비행을 준비할 수 있었는데도 허겁지겁 쫓기듯 일하게 된다.

생각이야 서로 다를 수 있지만 나는 이 일이 기장이 감내해야 할 책임이라고 생각한다. 작은 배려가 누군가에게는 에너지가 되기도 하니까.

"정비사님, 우리 푸시백이 30분 정도 지연될 거랍니다. 차 안에 들어가 계시다가 제가 택시라이트로 신호를 주면 그때 돌아와주시겠어요?"

직장 갑질을 비롯해 부족한 배려로 발생하는 안타까운 소식을 뉴스에서 접할 때마다 내게는 그 책임이 더 크게 다가온다. 배려할 위치에 있다는 걸 항상 감사한다.

2장

테이크오프

이 녀석과 평생을!

가끔 흠칫 놀란다. '내가 하늘을 날고 있어!'라는 생각이 문득 들 때다. 그날따라 승객과 화물이 적어 아주 가벼워진 B777 칵핏에 앉아 저 멀리 지평선과 맞닿은 활주로 끝과 그 위 너울거리는 뭉게구름 가득한 하늘을 바라보면서 TOGA Take Off and Go Around Thrust, 이륙이나 복행 과정에서 사용하는 최대엔진출력 버튼을 누르면, 차분하던 엔진의 RPM이 상승하면서 항공기는 조금씩 움직인다.

"투울, 투울."

이 거대한 항공기가 뜰 수 있을지 의심이 들 정도다. 엔진을 보호하기 위해 최소한의 추력만 사용하면서 전체 활주로를 최대한 활용하는 ATM Assumed Temperature Method 방식을 사용하기에 항공기는 전

혀 서두르는 기색이 없다.

"80노트."

한참을 달리다 부기장의 속도 콜아웃이 들리면 시선은 이륙을 위한 당김속도 VR과 붙어 있는 결심속도 V1에 자연스럽게 머물다가 다시 활주로로 향한다. 처음도 아닌데 '그 속도에 조종간을 당기면 이 녀석이 정말 뜰까?'라는 생각이 스친다.

여지없이 그 순간은 다가오고 부기장의 다부진 "로테이트Rotate, 당기세요" 콜아웃을 들으면서 16년 전 처음 민항사에 입사해 배웠던 대로 속으로 숫자를 센다.

"하나, 두울, 셋, 넷."

1초에 2도씩 항공기 피치를 들어 8도로 맞추고는 메인 기어가 미끄러지듯 나아가면서 마침내 부양되는 모습을 머릿속에 그린다. 이러면 승객들은 항공기가 떴는지조차 잘 느끼지 못한다. 이륙 활주를 시작하며 캐빈 바닥을 울리던 덜컹거리던 진동이 어느 순간 '스윽' 하며 사라지는 느낌만 들 뿐이다.

무게 200톤짜리 항공기를 135노트에서 부양시킬 때 전해지는 '희열'은 대단하다. '이 무거운 쇳덩어리가 어떻게 깃털처럼 가볍게 날아오르지?' 싶다. 그 순간만큼은 매번 '전율'한다.

오, 나의 머스탱! 이 녀석과 평생을 같이하고 싶다.

충분한 연료 없이 이륙할 수 있을까?

지상에서 뜻하게 않게 연료를 과도하게 소모해 목적지 공항까지 갈 충분한 연료가 남아 있지 않다면 어떻게 해야 할까? 공항에 예보에도 없는 폭풍이 덮치거나, 측풍이 제한치를 넘나들거나, 활주로에 쌓인 눈 때문에 제설작업을 진행하고 있어 택시웨이에서 한참을 기다려야 하는 상황이라면 이런 일이 발생할 수도 있다. 이런 상황이라면 이륙을 포기해야 할까? 아니면 법정연료 이하를 가지고 있는데도 이륙해서 목적지까지 꾸역꾸역 비행해도 괜찮은 걸까?

한겨울 시카고를 떠올려보자. 겨울철 시카고에는 폭설이 자주 내리는데 종종 일주일 동안 공항을 폐쇄시키기도 하는 등 매우 심각한 항공대란을 일으킨다. 어느 날 폭설로 대규모 이륙 지연 사태가 발생해 항공기들이 3시간 이상 택시웨이에서 대기하는 상황이 발생했다고 가정하자(물론 이런 일은 정말 드물다. 엔진을 켜둔 상태에서 이렇게 장시간 순서를 기다리는 일을 민항사에 20년 있으면서 단 두 번 겪어봤다). 시간당 2톤씩 약 6톤의 연료를 이미 지상에서 소모한 두 대의 B777이 있다. 하나는 중동의 E항공사고 다른 하나는 한국의 K항공사다. 두 항공기 모두 예상치 못한 연료 소모로 목적지에 도착했을 때 가지고 있어야 할 '법정최저연료' 이하가 될 상황이다.

이때 E항공사의 B777은 이륙을 감행하지만 K항공사의 B777은 법정최저연료가 부족하다는 이유로 급유를 위해 램프리턴Ramp Return을 결정한다. 그러나 급유 후 이륙 대기 순서가 다시 낸 마지막으로 밀려 결국 그날 출발하지 못한다. 이미 이륙한 E항공사의 B777은 중간에 어느 공항에 기착해 여유롭게 다시 급유를 받은 뒤 목적지에 당일 도착했지만, K항공사의 B777은 어쩌면 시카고에서 오랫동안 발이 묶였을 수 있다.

두 항공사의 결정이 다른 것은 '법정최저연료'가 요구되는 때를 '이륙 시점'으로 볼 것이냐, 아니면 '항공기 문이 닫힌 시점' 또는 '택시 시작 시점'으로 볼 것이냐의 차이에서 발생한다.

국제항공법은(국가별로 해석의 차이가 여전히 존재하지만) 민간항공기가 '이륙'할 때 목적지에 안전하게 도달하기 위해 정해진 법정연료를 반드시 싣고 있어야 한다고 요구하지 않는다.

ICAOInternational Civil Aviation Organization, 국제민간항공기구의 규정을 살펴보면 이렇다.

ICAO Annex 6, chapter 4

4.3.6.1 'All aeroplanes'-**A flight shall not be commenced** unless, taking into account both the meteorological conditions and any delays that are expected in flight, the aeroplane carries sufficient fuel and oil ţo ensure that it can safely complete the flight. In addition, a reserve shall be carried to provide for contingencies.

해석하면 "항공기는 안전하게 비행을 종료하기 위해 필요한 충분한 연료를 탑재하지 아니한 상태에서 비행을 시작해서는 아니 된다"라고 규정하고 있다. 물론 '충분한 연료'에는 목적지 공항까지 가는 데 필요한 연료와 안전을 위해 싣는 추가 연료가 포함된다. 문제는 "A flight shall not be commenced"를 어느 단계로 해석할 것이냐다.

어떤 나라는 이것을 '택시 시작 시점'으로 정의하고, 어떤 나라는 '이륙 시점'으로 해석한다. ICAO에서 이 시점을 정확히 명시하면 좋겠지만, 아직까지 그렇게 하지 않은 것을 보면 국가별로 알아서 판단해 운영하라는 의미가 아닐까 싶다. 곧 ICAO 안에서도 전문가 사이에 의견이 일치하지 않은 것으로 보면 된다. 이 해석의 차이로 앞의 두 항공사는 전혀 다른 결정을 내린 것이다. 이 글을 읽는 당신은 어느 쪽을 더 선호하는가?

E항공사(내가 일하는 항공사다)가 연료가 부족한데도 출발할 수

있었던 데는 다음과 같은 규정과 배경이 있어서다.

첫째, 법정최저연료 적용 시점이 이륙 시점이 아니라 급유를 마치는 시점이다. 곧 급유를 일단 마치면 그 이후는 비행으로 간주한다. 이 부분이 K항공사와 다르다.

둘째, 이륙한다고 해서 반드시 목적지 공항에 도착해야 하는 것은 아니다. 연료가 부족하면 중간에 내려 급유를 받을 수도 있다. 언뜻 보면 주먹구구식인 것 같지만 승객 400~500명을 태운 대형기가 목적지까지 한 번에 가지 못하고 중간에 어느 공항에 내려 재급유받는 걸 반기는 항공사는 없다. 다시 말해 돈 좀 더 벌어보겠다고 항공사가 오용할 이유가 없다는 뜻이다.

셋째, 현 시점에서 최소 두 개의 공항에 최종예비연료Final Reserve Fuel 이상을 남겨두고 착륙할 수 있는 상황이라면 기장은 연료가 부족하더라도 목적지 공항으로 계속 진행할 수 있다. 반드시 진행한다는 뜻이 아니라 '그럴 수 있다'는 허락의 의미다. 복합적으로 판단해 어느 시점에서 어느 공항에 중간 기착할지를 회사와 조율해야 한다.

넷째, 회사가 미리 관제 쪽에 협조를 구해둔 경우다. 이때는 교통이 붐비는 시간에 도착해도 홀딩 없이 바로 랜딩 우선권이 주어지기도 한다. 미리 이야기가 된 경우다.

내가 일하는 항공사는 주인이 국왕이다. 그뿐 아니라 관제소와 공항도 국왕 소유다. 곧 모두 같은 회사인 셈이다. 그래서 최악의 혼란을 겪고 있는 공항이라 하더라도 매번 법정연료 걱정 없이 일단 항공기를 빼올 수 있는 것이다.

덧붙이는 글

목적지까지 안전하게 가는 데 필요한 최저연료를 적용하는 시점을 '이륙 시점'이 아닌 '택시 시작 시점이나 급유가 종료되는 시점'으로 잡는 것은 항공사나 조종사에게 상시법정연료 이하로 운행하도록 허가하기 위한 목적이 아니다. 예를 들어, 이륙 전 목적지 기상이 급격히 나빠져 연료가 더 필요하다고 판단되면 당연히 램프로 돌아가 추가 보급을 받는 것이 맞다. 이는 고의성을 가지고 법정연료 미만으로 이륙하려는 의도가 아닌 천재지변 상황에서 과도한 지연을 겪고 있는 항공기와 승객을 해당 공항에서 합법적으로 탈출시키는 개념의 운영으로 보는 것이 타당하다. 이를 추가 예외규정으로 둘 수도 있을 것이다. 정리하면 이렇다.

첫째, 민항기가 반드시 목적지에만 내려야 한다는 생각은 행정 편의적 발상일 뿐 안전과는 무관함.

둘째, 법정연료를 이륙 시점에 요구하는 것이 국제항공법상 표준이라는 주장은 사실과 다름.

'이륙 시점'에서 최저연료 점검을 요구하지 않는 곳은 지금까지 유럽, 호주 그리고 기장의 판단으로 무시할 수 있는 일본뿐이다

취소할 수 없는 비행

국내 항공사에서 부기장으로 비행하던 시절의 이야기다. 그해 나는 일반적인 직장인들처럼 아침 8시에 출근하고 저녁 5시에 퇴근하는 사무실 근무를 하고 있어서 한 달에 많아야 두어 번 정도만 비행하곤 했다.

이날은 아침부터 전국에 돌풍이 불고 낮은 구름이 가득해 비행 스케줄이 하나둘 취소되고 있었다. 당시 A330을 타고 있었는데 주로 들어가는 국내선 구간이 김포-제주 노선이었다. A330은 통상 300명 가량의 승객을 태울 수 있어서 수학여행을 가는 학생들을 단체로 수송하기에 맞춤이었다.

정오 무렵 한 통의 전화가 걸려왔다. 스케줄러 과장이었다.

"기장님, 도와주세요!"

다짜고짜 도와달라는 말에 뒷이야기를 들어보지 않아도 무슨 일인지 알 것 같았다. 가용한 조종사가 없다는 뜻이다. 이야기를 들어보니 A330 한 대가 승객을 태운 상태로 제주로 가지 못하고 대기 중이란다. 제주가 빌로 미니멈Below Minimumm, 기상이 안전운항 최저요건에 미달함이었다.

해당 항공편은 아침에 출발했는데 제주 상공에서 한참을 홀딩하다가 활주로는 보지도 못하고 연료가 부족해 김포로 돌아왔다. 이후 다시 연료를 채우고 갔는데 이번에는 윈드시어를 만나 고어라운드해야 했다. 비행시간 제한에 걸려 조종사를 교체해야 하는데 가용한 부기장이 없어 다급히 마침 사무실에 근무하고 있던 나를 찾은 것이다.

"그냥 취소하지 그러세요. 다른 항공사도 다 취소한다고 뉴스에 나오던데요?"

"취소할 수가 없어요."

"아니, 왜요?"

"항공기에 수학여행 가는 중학생 300명이 타고 있어요."

"그런데요? 수학여행이든 뭐든 기상이 안 좋으면 취소해야 하는 거잖아요."

"문제는 말이죠. 오늘 A330 두 대가 전세기로 이 학교 학생들을 태우고 제주에 들어갈 계획이었는데, 한 대는 잘 내렸는데 그다음 항공기가 못 내리고 회항한 거예요. 이 학교는 지금 난리가 났어요.

수학여행 간 학생이 제주와 서울에 반반씩 떨어졌으니까요."

오후 2시경 제주공항 활주로에 A330의 메인 랜딩기어가 '스르르' 닿았고 이어서 노즈기어까지 '툭' 하고 떨어졌다. 좋지 않는 날씨였는데도 아주 훌륭한 랜딩이었다. 그리고 우리는 그날 인간이 내지를 수 있는 최고의 환호성을 칵핏 도어 너머로 들었다.

운이 좋았다. 다행히 랜딩 당시 기상이 어느 정도 나아졌고 최고의 기량을 가진 기장님이 랜딩을 맡아 가능했다.

학생들에게는 잊을 수 없는 추억이 되었을 것이다.

폭우가 지나간 엔테베

새벽이 되어서야 밤새 무섭게 몰아치던 폭풍이 잠잠해졌다. 폭풍이 지나간 뒤에도 비는 계속되어서 오후에 크루들이 공항으로 향하는 동안에도 약하게 비가 날렸다. 적도에 위치한 엔테베공항의 기상은 변화무쌍하다. 예보에는 없었지만 어느 순간 폭우가 쏟아진다 해도 전혀 이상할 게 없는 하늘이었다. 하늘 한쪽에 시커먼 비구름이 한눈에 들어왔다.

항공기에 도착한 뒤 외부 점검을 서둘러 마친 것도 혹시 폭우가 쏟아질까 봐 걱정되어서다. 출발 40분을 앞두고 부기장이 내 뒤쪽을 가리켰다.

"시커먼 게 몰려오는데요? 곧 퍼부을 것 같아요!"

고개를 돌려 공항 북쪽 하늘을 바라보니 어느새 한층 가까이 다가선 비구름으로 잔뜩 어두워져 있었다. 곧이어 "꾸르릉" 하는 뇌우 소리가 낮게 들렸다. 승객들은 보딩 브리지를 통해 탑승하고 있었다. 그때까지는 모든 준비가 순조로웠다. 보딩 브리지 너머로 보이는 검은 비구름만 제외하면.

남은 문제는 단 하나, 저 소나기구름이 언제, 얼마나 공항에 영향을 주는가였다. 그런데 더 기다릴 것도 없이 칵핏 윈드쉴드 위로 물방울이 하나둘 떨어지는가 싶더니 오래지 않아 하얀 물보라를 주기장 바닥에 만들기 시작했다. 건너편에 보이던 관제탑은 순식간에 눈앞에서 사라졌고 하얀 비 커튼이 조종사들 시야를 가렸다.

"이 정도 소나기를 미니멈Minimumm, 이 고도에서 활주로가 보이지 않으면 내리지 못하고 복행해야 한다에서 만나면 제아무리 선임 기장이라도 못 내릴 것 같은데?"

영국인 부기장을 바라보며 말을 건네자 부기장은 다소 과장되게 눈을 치켜뜨고는 고개까지 끄덕이며 씽긋 웃는다.

"역시 비행도 운이 중요해. 이런 폭우를 결정적인 순간에 만나지 않은 게 행운이야. 경험상 이 소나기는 30분 정도, 그러니까 승객 탑승이 완료되는 40분 뒤면 공항 상공을 빠져나갈 거야. 그럼 우리는 안전하게 이륙할 수 있겠지. 그래도 혹시 모르니 윈드시어를 고려해서 TOGA로 가자."

조금 전 이륙중량에 맞춰 엔진 출력을 필요한 만큼만 세팅하는 ATM으로 이륙성능을 구해두었지만 폭우가 시작된 이상 만약을 대비해 TOGA로 다시 이륙성능을 계산하자고 요구한 것이다. 그러자 부기장이 "최대파워 이륙에 V1 132노트, VR 148노트, 뉴New VR 160 노트, V2 165노트"라고 계산을 마친 뒤 읽어내렸다. 그 수치를 내 아이패드에서 계산한 것과 비교한 뒤 FMSFlight Management System, 비행관리 시스템에 입력했다.

푸쉬백 10분 전.

30분째 쏟아지던 소나기가 예상대로 누그러지고 있었다. 그렇지만 아직도 칵핏에서 내다보는 주기장 바닥에는 물이 흥건하게 고여 있었다. 조종사들이 말하는 '스탠딩 워터Standing Water' 상태였다. 외부 카메라로 지상 직원들이 후방 카고에 컨테이너를 어렵게 밀어넣는 모습이 보였다. 순간 미간에 살짝 주름이 잡혔다.

"이 정도 폭우면 화물 싣는 작업을 중단할 법도 한데…."

지상 직원들은 얼굴에 흘러내리는 빗물을 팔뚝으로 쓰윽 쓰윽 닦아내며 미끄러운 카고 로더 위에서 무슨 일인지 손으로 컨테이너를 밀어넣고 있었다. 아마도 갑자기 쏟아진 폭우에 카고 로더가 작동을 멈춘 것이리라.

결심할 시간이 되었다. 분명 빗방울이 약해지는 게 확연했다.

"비가 확실히 약해진 것 같은데? 내 생각에는 하늘색도 환해지고 있고 출발하는 데 무리가 없어 보여. 자네 생각은 어때?"

부기장 제이슨은 기다렸다는 듯 고개를 수그려 창밖을 좌에서 우로 주욱 둘러보고는 이내 고개를 끄덕이며 "괜찮아 보이는데요?"라고 수긍해주었다.

곧이어 출발 허가가 나오고 기장이 웰컴 PAPublic Announcement, 기내방송를 하자 마침내 터그트럭이 항공기를 밀어냈다. 엔진에 시동이 걸리고 활주로로 택시가 시작되었다. 미끄러운 노면인데도 부기장이 제법 잘 컨트롤하고 있었지만 혹시나 하는 마음에 "속도를 줄이고 조심해서 가야 해!"라고 일러주었다. 이런 노면에서는 항공기의 노즈기어가 종종 "드드득" 소리를 내며 미끄러진다. 부기장은 이동 속도를 10노트 이내로 낮추면서 더 세심하게 택시를 이어갔다.

항공기가 활주로에 도착할 즈음 되자 반가운 교신음이 들렸다. NDNavigation Display, 항법계기에는 고도 1800피트를 지나 활주로로 접근 중인 항공기의 심벌이 나타났다.

"이티오피안 25! 바람 170도에 10노트, 랜딩을 허가합니다."

접근하는 항공기가 있다는 말은 기상이 좋아졌다는 것을 의미한다. 사실 폭우가 내리는 상황에서는 이륙보다 착륙하는 항공기가 더 위험하다. 단지, 추가로 고려해야 할 사항은 이티오피안은 공항 북쪽에서 내려오고 있는 것이고 출발을 앞둔 우리는 남쪽으로 이륙해 좌선회한 뒤 공항 북동쪽으로 빠져나가는 경로라는 점이다. 만약 이 루트에 방금 공항에 폭우를 뿌린 CBCumulonimbus, 위험한 적란운가 남아 있다면 최악의 경우 이륙을 늦추거나 이륙 후 회피해야 할 기동을 관제소와 이륙 전에 조율해야 한다.

B777이 활주로를 향해 나아가는 중에도 고개를 연신 좌우로 돌려 기상을 판단해야 했다. 다행히 동서남북 모든 방향의 하늘이 밝아지고 있었다. 적어도 우박이나 폭우를 담고 있는 시커먼 적란운은

어느 방향에도 보이지 않았다.

활주로에 항공기를 정대하라는 타워 관제사의 지시가 있자마자 대기선에 멈춰 섰던 승객 300명을 태운 무게 280톤의 육중한 B777의 파킹브레이크를 풀고 쓰러스트레버를 조금 앞으로 밀었다. 엔진 N1계기가 30퍼센트에 다다르자 엔진에서 제법 육중한 가속음을 내는가 싶더니 곧바로 움찔거리며 활주로 위로 나아갔다. 항공기가 활주로에 들어선 뒤 좌선회하자 미리 켜두었던 기상 레이더가 이륙 후 상승할 남쪽 하늘에 레이더 전파를 주사해 반사파들이 각기 다른 구름의 두께를 빨강, 노랑, 녹색으로 계기에 나타냈다. 다행히 예상대로 출항 경로가 표시된 녹색라인 근처에는 강수 정도가 비교적 약해 보였다.

"모두 좋아 보이는데, 자네 생각은 어때?"

부기장이 고개를 끄덕이며 답했다.

"동의합니다. 이륙에 문제가 없겠어요."

곧이어 관제탑으로부터 이륙 허가가 내려왔고 B777은 활주로를 박차고 달리기 시작했다. 건장한 체격을 가진 남자의 키보다 큰 지름을 가진 두 대의 GE 엔진이 순식간에 10만 파운드가 넘는 최대 출력을 뽑아냈다. 거의 동시에 빗방울이 전면 윈드쉴드를 때려 시야가 흐려졌다. 미리 예상하고 재빠르게 부기장석 쪽 와이퍼를 작동시켰다가 이내 비가 사라지자 스위치를 내렸다.

"VR" 콜과 함께 B777의 피치가 이륙을 위한 10도 상승각을 향해 들리기 시작했고, 메인기어가 소음과 진동을 만들어 내던 활주로를 떠나 헛도는 게 느껴졌다. 내가 "포지티브 클라임Positive Climb, 확실히 상승중"을 외치자 부기장은 "기어업Gear Up!"으로 화답했다.

이륙은 전반적으로 부드러웠다. 이륙한 항공기의 랜딩기어가 들어가고 플랩을 올리자 B777은 상승을 위해 250노트까지 증속했다. 이후 해발 고도 1만 4000피트, 곧 지상에서 1만 피트를 지나며 최대 속도인 310노트로 상승 속도를 올려 목표 고도인 3만 5000피트로 내달렸다. 1만 피트를 지나면서 구름 대부분은 항공기보다 낮은 고도로 멀어졌다. 구름으로 인한 터뷸런스가 없을 것 같아 시트벨트 노브Knob를 오토라고 쓰인 12시 방향으로 돌려 캐빈의 시트벨트 사인을 꺼주었다. 캐빈 비디오 버튼을 누르자 점프시트에서 하네스를 채우고 기다리던 크루들이 하나둘 일어나는 모습이 보였다. 그들의 서비스가 시작될 시간이다.

나 역시 어깨 위로 내려 매던 하네스를 풀고는 남아 있던 긴장을 털어내듯 부기장 제이슨에게 농담을 건넸다.

"항공기 세척작업은 당분간 할 필요가 없겠는데?"

이륙중단 결심의 딜레마

○ .... ○

　잘 관리되지 않은 고속도로나 일반 국도를 자동차를 타고 달리다 보면 포장면이 거칠어 마치 말을 타고 달리는 듯한 아찔한 느낌이 들 때가 있다. 민항기가 이륙하는 활주로에도 그런 곳이 있다. 홍콩 남쪽 활주로가 유독 심하고 대부분의 동남아시아 국가와 아프리카 국가의 오래된 활주로가 그렇다.

　항공기가 이륙을 위해 활주를 시작하면 기장은 결심속도인 V1에 다다르기 전 언제라도 이륙을 단념하기 위해 쓰러스트레버Thrust Lever, 추력레버에 손을 얹어놓는다. 그러다 V1이 되면 손을 뗀다. V1 이후에 이륙을 중단하는 실수를 저지르면 항공기는 뜨지도 못하고, 그렇다고 남아 있는 활주로에 세울 수도 없는 위험한 상황에 들어가기

때문이다. 그런데 활주로의 거친 노면 때문에 조종사가 잘못 판단하는 일이 종종 일어난다. 어떤 상황일까? 바로 도어잠금센서Door Unlock Sensor의 경고가 울렸을 때다. 도어잠금센서는 종종 조종사들을 곤혹스럽게 만든다. MEL에서는 이 문제에 관해 어떻게 이야기하고 있을까? 한 문장을 살펴보자.

The **Door FWD Cargo** and **Door AFT Cargo**(if applicable) caution message may be displayed on the ground.

지상에서 'Door FWD Cargo'와 'Door AFT Cargo'라는 경고 메시지가 시현될 수 있다는 것이다. 곧 이 말은 이륙 중에 이 경고가 발생하더라도 무시해도 된다는 뜻이다. 문제는 거친 노면 때문에 흔들리는 칵핏에서 조종사들 앞에 시현된 경고가 'Door FWD Cargo'나 'Door AFT Cargo'인지 확인하기 어려울 때다. 이륙중단Rejected Takeoff 결정은 100퍼센트 기장의 판단이다. 기장들은 이륙중단 결정은 단순하게 판단하라고 늘 교육받는다. "이륙중단 결심은 경고등의 빛(주경고Master Warning 또는 주의경고Caution)과 음성경고Aural Warning로 결정하라"는 것이다. 이 말은 무엇이 고장인지 세부적으로 파악하려들지 말고 일단 음성경고나 시각경고가 들어오면 무조건 정지하라는 뜻이다.

이런 결함에서는 시간이 허락한다면 MEL에 언급된 것처럼 정비사가 임시절차Optional Procedure를 수행해서 지상에서 경고가 나오지 않도록 조치를 취해주는 것이 가장 좋다. 그렇지만 김해처럼 야간 통금시간이 임박한 마지막 비행편이라면 무작정 떼를 쓰듯 고쳐달라거나 경고가 나오지 않도록 비활성화해달라고 요구할 수만도 없다. 이때 기장과 부기장은 브리핑에서 다음 내용을 언급할 것이다.

"자, 이륙 중에 경고가 나올 수 있지만 우리는 이륙중단을 하지 않고 그대로 갈 거니까 부기장은 경고가 뜨면 그게 도어잠금 문제인지 아닌지 확인해서 조언해줘."

이렇게 되면 이제 이륙중단 결심은 빛과 소리에 기반한 단순한 결심이 아닌 널뛰듯 흔들리는 칵핏에서 분석해야 하는 더욱 어려운 일이 된다. 그간 전 세계 항공사에서 수도 없이 이 문제로 잘못된 이륙중단을 하거나 반대로 이륙하지 말아야 하는 상황에서 이륙하는 일이 발생했다. 그래서 이 경우 정상적인 항공사라면 기장을 처벌하지 않는다.

비행기가 번개에 맞으면

"띵동."

중앙 화면에 '캐빈 콜'이라는 사인이 시현되면서 차임이 울렸다. 사무장이었다. 조금 당황한 목소리로 "조금 전 번개에 맞은 것 맞죠? 승객들이 불안해하고 있어요. 제가 일단 방송을 하긴 했는데 기장님이 다시 PA해주셨으면 좋겠습니다"라고 전해왔다.

이제 7000피트를 막 지나고 있었기에 바로 PA에 들어가기엔 무리였다. 조금 전 고도 4000피트에서 레이더상으로 엠버Amber로 보이는 구름 끝부분을 스치듯 빗겨나 상승하고 있을 때 "빠방!" 하는 커다란 굉음과 섬광이 항공기를 한차례 후려치고 휘감듯 돌아나갔다. 다행히 엔진 계기와 통신에는 이상이 없었다.

1만 피트를 넘기고 나서야 라디오를 부기장에게 넘겼다. 그러고는 뭐라고 말해야 할지 잠시 고민하다가 PA 버튼을 누르고 수화기를 들었다.

"승객 여러분, 기장입니다. 네, 맞습니다. 우리 항공기는 조금 전 번개에 맞았습니다. 출발 당시 아테네 인근의 기상이 악화되고 있었기에 예상하던 일 중 하나였습니다. 우리 B777은 지난 20년간 충분히 신뢰성을 증명했습니다. 번개에 맞더라도 항공기 시스템은 늘 안전하게 보호되도록 설계되었습니다. 현재 항공기는 모든 것이 정상 상태이고 완벽히 통제되고 있습니다. 그러니 걱정하지 않으셔도 됩니다. 의자를 편히 눕히시고 비행을 즐겨주십시오. 감사합니다."

PA를 마치고 캐빈 카메라를 퍼스트클래스부터 맨 끝 이코노미 클래스까지 돌려가며 승객과 크루들 모습을 하나하나 살폈다. PA를 시작하기 전 잠시 "우리 B777은 동체와 날개가 모두 알루미늄으로 만들어져 있어서 복합소재인 A350보다 번개에 더 안전하고…"라고 말하면 어떨까 고민했지만 바로 포기했다. 머릿속으로 국내 항공사에서 A350 기장으로 일하는 동기생들의 화난 얼굴이 떠올라서다.

이제는 사라진 가상 엔진 페일

"지금 뭐 하시는 겁니까? 아이 갓! 아이 갓!I got, '내가 조종한다'는 뜻의 공군 비행 용어"

순간 선배의 손을 후려치듯 거칠게 밀어내고는 그가 방금 줄인 좌측 쓰러스트레버를 다시 밀어 넣었다. 잠시 움찔했던 항공기가 양쪽 엔진의 밸런스를 회복되면서 빠르게 안정을 찾았다. 오토파일럿이 물려 있어 크게 요동치지는 않았지만 내 심장은 아직도 흥분해 있었다. 아니 정확하게는 화가 나 있었다. 얼굴을 돌려 선배를 쏘아보았다.

내가 내지른 고함에 당황해 하고 있던 그에게 다시 따지듯 "아니, 왜 상승 중에 파워를 줄여요? 위험하게!"라고 말하며 눈을 부릅

뜨다시피 쏘아보았다.

"인마, 가상 엔진 페일을…."

늘 순둥이 같던 후배가 독기를 품고 씩씩거리고 있었으니 그도 어쩔 도리가 없었던 모양인지 "허허, 이거 참…" 하며 웃고 말았다. 신참 정조종사였던 그는 부기장에게 컨트롤을 넘기곤 상승 중에 장난을 치고 싶었던 것 같다. 원래 계획은 아마도 한쪽 엔진의 추력을 조금 줄이면서 "좌측 엔진 가상 페일!"이라고 외치려던 것이었으리라. 문제는 그의 손이 쓰러스트레버를 쥐고 있는 부조종사의 손 밑으로 비집고 들어와 한쪽 레버를 끌어내리려던 순간 내가 그의 손을 거칠게 후려치면서 밀어낸 것이다. 예상치 못한 부기장의 일격에 당황해서 말할 타이밍을 놓친 것이다.

예전에는 비행 중에 이런 가상훈련이 일반적이었다. 평가비행에서 이륙 활주 중 교관이 갑자기 한쪽 쓰러스트레버를 줄이면서 동시에 큰 소리로 "엔진 페일!"이라고 소리치기도 했다. 정조종사 승급 평가에서도 이런 일이 있었는데 이륙 중에 평가관의 손이 불쑥 들어와 오른쪽 쓰러스트레버를 줄인 것이다.

"우측 엔진 페일!"

그런데 이번에도 내 손이 더 빨랐다. 평가관의 말이 채 끝나기도 전에 바로 RTORejected Takeoff, 이륙중단를 해버린 것이다. 너무 빠른 동작에 "야! 너는 엔진 페일이라는 말이 끝나기도 전에 파워를 줄이고 RTO하면 어떻게 해!"라고 핀잔을 받았다.

시뮬레이터 훈련이 보편화된 지금은 운항 중에 '가상 페일'을 주는 행위는 '금지 항목'이 되었다. 오래전에는 공군만이 아니라 민항에서도 그 큰 엔진을 실제 공중에서 *끄고* 재시동하던 시절이 있었다. 호랑이 담배 피우던 시절의 이야기다.

3장

크루즈

이슬람의 경건한 달 이프타르

"기장님, 이프타르Iftar 시간 알려주세요. 오늘 금식하는 승객이 많아요."

이슬람 문화권의 가장 경건한 달인 라마단Ramadan, 5월 5일~6월 4일에 대한 이야기를 해보려 한다. 이슬람을 창시한 선지자 모하메드가 신으로부터 코란을 받은 달로 알려진 약 한 달 동안 전 세계 무슬림들은 해가 떠 있는 주간에는 물조차 마시지 않는 철저한 금식을 수행한다. 해가 지는 시간(이프타르 시간)에 이르러서야 첫 식사를 하고, 마지막 식사는 다음 날 동트기 전에 마친다.

이 라마단 기간에 두바이를 비롯한 중동을 방문하는 사람들은 몇 가지 알아야 할 것이 있다. 우선 주간에 식당 대부분이 문을 닫는다. 일부 관광객을 위한 식당은 정부의 허가를 받아 두꺼운 커튼을 치고 내부가 보이지 않는 공간에서 음식을 팔기도 한다. 하지만 이 경우에도 호텔 등 일부를 제외하고는 테이크아웃이 가능한 음식으로 제한한다. 공공장소나 운행 중인 차에서조차 음식을 먹거나 심지어 물을 마시는 행위가 금지된다. 경찰이 단속을 하는데 심하면 구금당할 수도 있으니 주의해야 한다.

또 라마단 기간에는 교통사고가 증가한다. 이프타르 시간이 가까워지면 무슬림들이 식사를 하기 위해 차를 몰고 도심으로 나오는데, 온종일 금식으로 혈당이 떨어진 이들이 고속도로에서 위험하게 질주하다가 사고를 내는 것이다.

비행 중인 여객기에서도 금식이 지켜진다. 극단적인 케이터링 Catering이 적용되는데, 만약 야간비행이라면 '이프타르 푸드박스'라는 별식이 금식으로 허기져 있을 승객을 위해 최대한 풍족하게 실린다. 반대로 주간비행이라면 탑승객 숫자보다 적은 음식을 실어도 무리가 없다.

문제는 비행 중에 해가 지는 상황이다. 이 시간을 기다리는 무슬림 승객들은 탑승과 동시에 언제쯤 식사를 할 수 있는지 제일 먼저 물어온다. 그래서 조종사들은 순항고도에 도달하면 위도·경도별로 구분된 일몰시간표와 항공기의 시간별 예상 도달 위치를 비교해 정확한 일몰시간을 캐빈 크루에게 전달한다. 이때 계산된 시간에 고도 5000피트당 1분 30초를 추가해 일몰시간을 조절해주어야 한다. 일몰시간표는 해수면 기준이기 때문이다. 기장과 부기장이 각자 계

산하고 이후 내기를 하는 재미있는 게임이기도 하다.

동쪽 비행은 대부분 1분 이내로 시간을 맞출 수 있지만 서쪽 비행은 지는 해를 좇아가는 형국이기 때문에 심할 경우 10여 분의 계산 착오가 발생하기도 한다. 캐빈 크루들에게 기장이 체면을 구기는 일이다. 일몰시간, 곧 이프타르에 도달하면 기내에는 다음과 같은 PA가 나간다.

"지금은 우리가 비행하는 지역을 기준으로 이프타르 시간입니다. 이프타르 식사를 즐기시기 바랍니다."

조종사의 라디오 실수

'앗! 이 주파수가 아닌가?'

조종사들이 종종 실수하는 것 중 하나가 관제 주파수에 PA를 하는 것이다. 분명 작은 실수지만 이것이 큰 민폐가 되는 이유는 한 번 시작한 PA는 마칠 때까지 누구도 끊어줄 수 없어서다. 그러니 해당 주파수에 들어와 있는 모든 항공기 조종사들과 관제사들은 꼼짝 없이 해당 항공사와 기장의 이름부터 비행시간, 날씨, 도착 예정시간, 터뷸런스 이야기까지 다 듣고 마지막으로 기장이 훈훈하게 인사를 건넬 때까지 한없이 기다리는 것 외에는 달리 방법이 없다.

마침내 기장의 긴 PA가 끝나더라도 통상 관제사들은 조금 더 기다려준다. 아직 그의 순서가 아니기 때문이다. 그때부터는 너나 할

것 없이 모두 한마디씩 PA를 평가하기 시작한다.

"아주 좋은 PA야. 목적지 기상이 별론가 보네. 행운을 빌어. 다음에는 PA를 좀 짧게 해주면 아주 고맙겠어!"

말은 곱게 했지만 그 속뜻은 '이 멍청아. 너 하나 때문에 지금 몇 명이 구질구질한 기장방송을 들어야 했는지 알아?'다. 물론 관제사도 가끔 눈치 없는 조종사에게 공개 면박을 주기도 한다.

관제 주파수에 PA를 하는 실수와 더불어 대표적인 실수가 또 하나 있다. 항시 듣고 있어야 한다는 의미에서 'Guard'라 불리는 비상 주파수 121.5에 대고 자기 회사를 부르는 경우다. 121.5로 송출하면 주파수 선택과 무관하게 200마일 안쪽에 있는 모든 항공기가 이를 듣게 된다. 비상이 아니고서는 사용이 금지된 이유다. 조종사 대부분은 실수를 인식하지 못하고 찾는 상대가 나올 때까지 몇 번이고 애타게 부른다. 이때는 누군가가 나서서 끊어주는 것이 좋다.

대개는 "You are on Guard!"(너 지금 비상주파수야!)라고 점잖게 알려주지만, 이런 실수에 유독 민감하게 반응하는 조종사가 있다. 왜 그런지는 모르겠지만 대개 '호주 조종사'들이 이런 실수가 나오면 제일 먼저 나서서 특유의 호주 악센트로 핀잔을 준다.

"Hey, Mate! You are on Guard!"(야, 인마! 너 지금 비상주파수야!)

그러던 어느 날이다. 그날은 주파수가 유난히 조용한 밤이었다. 이때 누군가 정적을 깨고 비상주파수에 들릴 듯 말 듯한 아주 작은 목소리로 속삭였다.

"Where … you"(어디… 있니?)

처음 몇 번은 너무 작은 소리여서 모두 흘려들은 듯했다. 그런데 또다시 "Where are you"라는 목소리가 반복되어 들리자 그제야 누군가 비상주파수에 장난을 치고 있다는 걸 알게 되었다. 역시나 호주 악센트를 가진 시니컬하고 카랑카랑한 목소리가 울렸다.

"Hey, Mate! You are on Guard, Mate!"(야, 인마! 너 지금 비상주파수야, 짜샤!)

잠시 침묵이 흐르더니 지금껏 누군가를 애타게 찾던 그 목소리의 주인공이 밝아진 목소리로 나타났다.

"Wow, Here you are!"(와, 여기 있었네!)

조종사는 앵무새처럼 외우지 않아도 된다

조종사가 되고 나니 한 가지 좋은 게 있었다. 책에 쓰인 것을 앵무새처럼 외우지 않아도 된다는 것이다. 꼭 외워야 할 것은 반드시 암기하라고 규정되어 있다. 그런데 그 양이 많지 않아서 전혀 부담이 없다. 사실 조종사는 무조건적 암기보다는 어떤 정보가 어디에 기술되어 있는지 제한된 시간 안에 찾아내는 능력이 더 중요하다. 화재가 발생한 게 아닌 바에야 서둘러 문제를 해결하는 걸 극히 싫어하는 직업의 특성상 암기력이 좋은 것보다는 특정 규정이 어디에 있고, 어떻게 적용해야 하는지 제대로 이해하는 조종사가 우대받는 것은 어쩌면 당연하다.

운항을 전공하는 학생들의 학과 시험에서 규정을 암기해 토씨

하나 틀리지 않고 바르게 써서 좋은 점수를 받는 일은 조종사의 업무와 관련해서는 전혀 실용적인 평가 방법이 아니다. 조종사에게는 추천할 만한 공부법이 아니다. 차라리 오픈북으로 시험을 치르고 책에 나온 규정과 정보를 얼마나 제대로 이해하고 있는지 평가하는 게 합리적일 것이다. 실제로 운송용 면장을 따기까지 단계별 시험이나 회사에서 치르는 연간평가Annual Line Check에서는 오픈북으로 구술 평가를 시행한다. 암기력이 우수한 이보다 이해력이 좋은 이가 좋은 조종사이기 때문이다.

물론 그럼에도 반드시 암기해야 할 기본 숫자들은 있다. 자신이 타는 기종의 제한Limitation이 그렇다. 비상절차에서 메모리 아이템이라 불리는 체크리스트를 펼칠 시간이 허락되지 않을 때, 곧 위중한 상황에서 수행해야 할 절차들이다. 이것 말고도 조종사들이 잊을 만하면 한 번씩 실수하는 대표적인 네 자리 숫자가 있다. 만약 이 숫자를 혼동한다면 관제사들을 뒤집어놓으면서 요격기를 만나야 하는 불상사가 발생할지도 모른다. 바로 7500, 7600, 7700이다. 7500은 공중납치Hijack를, 7600은 통신두절Comm Lost을, 7700은 비상상황Emergency을 알리는 코드다.

보통 실수는 라디오 통신장애Radio Comm Lost 상황에서 당황한 나머지 7600이 아닌 하이젝 코드인 7500을 트렌스폰더Transponder에 입력하는 경우다. 의도는 그렇지 않았더라도 7600으로 다이얼을 선택하는 과정에서 7500을 스쳐 지나가면 하이젝 모드가 작동하는데, 지상에서는 국가안보에 위협이 되는 비상상황으로 간주한다. 이를 나중에 실수였다고 해명하려 해도 미국 같은 곳이라면 복잡한 상황이 펼쳐질 것이다. 자칫 전투기에 요격당할 수도 있고, 강제로 주변 공군기지에 착륙을 유도당할 수도 있다. 그래서 이 세 가지 코드는 반드시 암기하고 있어야 한다.

우리 실수하지 말자!

조종사와 시트벨트 그리고 하네스

공군 T-37 중등훈련에 스핀회복Spin Recovery이라는 과목이 있었다. 요즘 국산 훈련기는 항공역학 특성이 좋아서 이제 스핀에 집어넣기조차 힘들다던데, T-37 세스나 쌍발 제트기는 그렇지 않았다. 스핀 특성이 좋지 않아서 일단 진입한 뒤에는 정확한 프로시저 Procedure가 정확한 타이밍에 이뤄져야만 회복이 가능했다. 오죽하면 이 과목을 전담하는 스핀 교관을 따로 두었을까.

이 스핀 과목에 들어가기 전에 가장 중요한 것이 바로 시트벨트 Seat Belt와 하네스Harness를 최대한 바짝 조여 매는 것이었다. 스핀에 들어가면 항공기는 1초에 세 바퀴 턴을 하는데, 항공기 기수가 땅을 향해 내리꽂힌 채 정신없이 돌아간다. 이때 만약 벨트를 느슨하게 맸다면 조종사는 위쪽 캐노피에 머리를 들이받기 일쑤다. 사실 이런 비정상적 항공기 자세는 민항기에서는 결코 경험해볼 수 없다. 시뮬레이터에서조차 비슷한 상황을 구현해내지 못한다. 역중력Negative G 이 걸리는 상황은 칵핏 바닥의 먼지들이 모두 공중으로 날아오르는 상황인데, 이런 상황이 민항기에 발생하는 때는 첫째 시비어 터뷸런스Severe Turbulence, 매우 극심한 난류나 다른 항공기의 웨이크 터뷸런스Wake Turbulence, 항적난기류와 조우했을 경우다. 통상 경고 없이 이 상태에 들어가면 안전벨트를 매지 않은 승객이나 캐빈 크루는 그 자리에서 날아올라 오버해드빈Overhead Bin에 머리를 부딪쳐 중상을 입을 수도 있다. 기장으로서 비행 중 가장 우려하고 각별히 조심하는 상황이다.

둘째, 자연 요인이 아닌 기계적 결함이나 트림 오조작으로 급격한 하강Dive 자세에 들어간 경우다. 이런 사례는 그간 여러 건 있었다. 최근 발생한 세 건의 유사 사고에서 조종사는 모두 회복에 실패했다. 러시아 로스토프공항에서 몇 년 전 발생한 B737의 고어라운드 과정에서의 추락사고와 근래 B737 MAX의 MCASManeuvering Characteristics Augmentation System, 조종특성향상시스템 오작동에 따른 사고 사례가 대표적이다.

미디어를 통해 어느 정도 알려져 있기에 이 세 건의 사고 원인은 논외로 하자. 이 항공기들에는 극심한 역중력, 곧 Negative G가 공통으로 걸렸을 것이다. 위에서 언급한 것처럼 이 상황에서는 우주 공간처럼 모든 것이 공중으로 부양한다. 만약 조종사가 시트벨트와 하네스를 올바르게 조여 매지 않았다면 손을 뻗어 조종간을 잡아 컨트롤을 시도하기조차 어려워진다. MCAS 오작동에 따른 회복절차에 언급된 메모리 아이템인 스테빌라이저 스위치Stabilizer Switch 역시 역중력이 걸린 항공기에서 조종사가 손을 뻗어 보호커버를 벗겨내고 토글스위치를 올려 차단하는 일이 현실적으로 매우 어렵다. 시뮬레이터에서는 이 상황을 구현하는 게 불가능하다.

그래서 허드슨강의 영웅 설리 설렌버거Sully Sullenberger가 최근 추락한 에티오피안 B737 MAX와 관련해 언론에서 말한 "경험 많은 조종사라도 그 결과가 달랐을 것이라 생각하지 않는다"라는 지적에 전적으로 동의한다.

이 세 건의 사고를 본 뒤 좌석에 앉을 때마다 늘 시트벨트를 한 번 더 조여 매곤 한다.

삶과 죽음의 경계, 에어스피드

오늘 아침 캐나다 공군의 스노우버드Snowbird 곡예팀 항공기 한 대가 이륙 후 추락해 조종사 한 명이 사망하고 다른 한 명은 중상을 입었다. 엔진에 문제가 생긴 상태에서 피치를 높여 고도를 취하다 스톨과 스핀에 진입한 것이다.

조종사에게 에어스피드Airspeed, 곧 속도는 생명이다. 엔진이나 동체가 내 생명을 지켜주는 게 아니라 바람을 가르는 양쪽 날개의 상대속도가 생명을 유지해주는 것이다. 행글라이더를 타본 적이 있다. 착륙지를 향해 나선 강하를 하다가 고도를 처리하기 위해 마지막 순간 교관이 글라이더의 피치를 눌러 땅으로 곤두박질치자 내 입에서 자연스럽게 환호성이 터져 나왔다.

"우후!"

착륙 후 교관이 말을 걸어왔다.

"역시 조종사 맞네요. 대부분 그렇게 땅으로 곤두박질치면 무서워서 몸을 움츠리는데 기장님이라 그런지 다르네요."

조종사인 나는 본능적으로 피치를 눌러 속도를 증가시키면 글라이더가 더 안정적으로 착륙할 양력을 만든다는 걸 알기에 오히려 편안함을 느꼈다.

B777 같은 대형 민항기를 운항할 때도 속도는 늘 최우선이다. 오토쓰러스트Auto Thrust, 자동추력조절장치가 대부분 안정적으로 속도를 잡아주지만 100퍼센트 완벽하지는 않다. 경우에 따라 언제든 개입할 준비가 되어 있어야 한다.

몇 해 전 이탈리아의 북부 밀라노에 들어가면서 경험한 일이다. 이날 밀라노 상공에는 제트스트림이 걸쳐 있었고 알프스산맥을 넘어온 바람은 강한 다운워시Downwash, 하강풍을 만들고 있었다. 강하를 시작하는 지점인 TODTop of Descent, 하강시작점 이전부터 이미 마음의 준비를 하고 있었지만 결국 강하 중에 급격히 속도가 증가해 오버스피드Overspeed, 속도계의 빨간 눈금 부분 수준까지 치솟고 말았다. 스피트브레이크Speed Brake, 감속장치를 최대로 당겨 날개 위 스포일러들을 모두 일으켜 세우면서 감속을 시도했지만 속도를 정상 수준까지 낮추는 데 크게 애를 먹었다. 만약 대비 없이 만났더라면 분명 오버스피드를 당했을 만큼 대단한 위력의 다운워시였다. 착륙 후에 조종실로 올라온 이탈리아 엔지니어에게 방금 경험한 알프스의 다운워시 이야기

를 꺼내자 그가 "어제는 유럽 쪽에서 알프스를 넘어 들어오던 항공기 한 내가 정반대로 갑자기 속도가 떨어지는 바람에 비상을 선포하고 강하했어요"라고 알려주었다.

그의 말대로 바람 세기가 급변하는 알프스 상공에서 정풍을 받으며 강하하는 쪽은 오버스피드를, 반대로 배풍을 받으며 강하하는 쪽은 스톨Stall, 속도가 줄어 양력을 상실하는 현상에 근접하는 위험한 상황에 직면한다. 조종사인 나에게 어느 쪽이 더 위험하냐고 물어본다면 속도가 떨어지는 스톨이라고 주저 없이 답할 것이다. 오버스피드는 스포일러를 최대한 세워 대처하면 되지만 순항 중이거나 상승 중일 때 최소 속도 이하로 떨어지는 상황은 대처하기가 쉽지 않아 대단히 위험하다. 이때는 엔진이 모두 최대출력인데도 속도가 슬금슬금 떨어진다. 곧바로 조치를 취하지 않으면 항공기는 양력을 잃어 추락할 수도 있다.

이 상황에서 조종사들이 할 수 있는 방법은 두 가지다. 하나는 다들 알다시피 에너지를 얻기 위해 (속도를 증가시키기 위해) 비상을 선포하고 빨리 강하하는 것이다. 글라이더 교관이 착륙 전에 피치를 눌렀던 것처럼 말이다. 항공기 엔진이 최대출력인데도 속도가 떨어지는 이유는 단 한 가지다. 바람이 정풍에서 배풍으로 급격히 바뀌는 윈드시어에 들어가 있어서다. 따라서 다른 한 가지 방법은 바람 방향이 진행 방향의 측풍이라면 바로 비상을 선포하고 강하하기보다 우선 바람이 불어오는 쪽으로 항공기를 선회시키면서 속도를 회복하는 것이다. 그러면 급한 위기는 모면할 수 있다. 비상을 선포하고 항공기를 바람이 불어오는 쪽으로 돌리기만 해도 운이 좋다면 5에서 10노트까지 바로 회복된다. 무조건 강하하는 것보다 훨씬 쉽고 안전한 방법이다. 만약 기상 회피를 위해 오프셋Offset, 횡으로 경로를 이탈 허가까지 미리 받아둔 경우라면 비상을 선포하지 않고도 바로 기동할 수 있으니 일거양득이다.

속도와 관련된 관제용어

1. Resume or keep your own speed: 알아서 속도를 결정하세요.

2. Comply with STAR speed: 표준도착경로에 발간된 속도를 따르세요.

3. Keep your normal speed: 정상적인 속도, 곧 그간 관제에서 부여한 속도 제한이 해제됩니다.

4. Reduce to minimum clean speed or green dot speed: 플랩을 내리지 않은 상태에서 줄일 수 있는 최저속도로 줄이세요.

5. Increase to maximum forward speed: 최대 속도로 증속하세요.

6. I'm doing speed 250kts: 지금 250노트로 비행 중입니다.

7. Any speed control or restriction?: 혹 지켜야 할 속도가 있나요?

8. No speed control, your own speed: 관제에서는 속도를 제한할 일이 없으니 편한 대로 속도를 유지하세요.

9. Keep high speed until ○○: ○○까지 속도를 붙여서 오세요.

10. Keep high speed as long as you can: 할 수 있는 데까지 속도를 붙여서 오세요.

11. Reduce speed or increase speed to 250 by ○○: ○○지점부터 속도를 250노트로 줄이세요. 또는 늘리세요.

12. Speed is your discretion: 속도는 알아서 유지하세요.

13. Reduce speed at pilot discretion: 조종사 재량으로 속도를 유지하세요.

14. Cancel speed restriction: 속도 제한을 해제합니다.

15. What is your minimum clean?: 플랩업 속도가 얼마입니까?

16. Confirm or say your speed?: 현재 속도가 얼마입니까?

17. Request slow down: 우리 속도 줄여야 해요.

18. Speed 180 till 10, 160 till 4: 10마일까지 180노트, 이후 4마일까지 160노트 유지하세요.

19. What is your mach number?: 마하 얼마입니까?

20. You may reduce to holding speed: 홀딩속도로 줄여도 됩니다.

21. Call UAE control 131.5 with your speed: UAE컨트롤

131.5로 넘어가서 속도를 밝히세요.

22. Keep up the speed: 지금의 빠른 속도를 유지하세요.

23. Do not exceed 300kts: 300노트를 초과하지 마세요.

24. Pick up the speed 220kts: 220노트로 증속하세요.

관제사들도 가끔 실수를 한다

조종사들만큼은 아니겠지만 관제사들도 사람이니 가끔 실수를 한다. 런던 히드로공항을 떠나 막 순항고도 3만 5000피트에 도달했을 때다. 늘 그렇듯 수백 마일 떨어진 항로상 웨이포인트Waypoint, 항로상의 특정 지점로 다이렉트(곧바로 비행)하라는 지시가 컨트롤러가 바뀔 때마다 연이어 주어졌다. 시정은 막힘 없이 트여 수십 마일 밖의 항적이 각기 다른 방향으로 진행하며 만드는 비행운이 잔잔한 호수 위를 달리는 모터보트가 만드는 하얀 포말처럼 보일 정도였다. 그때 갑자기 관제사가 "항적정보 드립니다. 전방 10시 방향, 좌에서 우로 1000피트 낮게 지나갑니다"라고 일러주었다.

부기장이 리드백을 마치자마자 우리 시선은 ND 속 10시 방향

으로 향했다. 혹 '-10'이라고 시현된 항적이 있는지 살폈지만 어쩐 일인지 그 방향에는 아무것도 없었다. 혹시나 싶어 TCASTraffic alert and Collision Avoidance System, 공중충돌방지장치 스위치를 'Below'로 바꾸었다. 이렇게 두면 내 고도보다 낮은 항적을 주로 보여준다. 그런데 거기서도 아무런 항적이 나타나지 않았다. 창밖을 봐도 그쪽 하늘은 비어 있었다.

마침 부탁한 식사를 들고 온 캐빈 크루가 뒤에 서 있었기에 몸을 돌려 그녀를 바라보는 순간, 된소리의 날카로운 음성경고가 칵핏을 울렸다.

"트레픽Traffic! 트레픽Traffic!(위험 항적! 위험 항적!)"

스프링이 튀듯 바로 몸을 돌려 계기를 바라보니 다섯 시 방향 뒤쪽으로 짙은 노랑색으로 확대된 '-10'이라 표시된 둥근 항적이 빠르게 다가서고 있었다. 순간 나도 모르게 "이건 뭐야!"라는 말이 튀어나왔다. 왼손 엄지는 휠의 빨간색 오토파일럿 해제 버튼 위에, 오른손은 쓰러스트레버의 자동추력조절장치 차단 버튼 위에 반사적으로 올라갔다. 충돌이 임박하면 충돌방지장치는 자동으로 한 대에게는 상승을, 다른 한 대에게는 강하를 지시한다. "디센트Descent! 디센트Descent!" 또는 "클라임Climb! 클라임Climb!" 중 하나의 경고가 나오면 즉시 오토파일럿 해제하고 매뉴얼 비행으로 회피해야 한다.

몇 초 뒤 항적은 계기에서 갑자기 사라졌다. 그와 거의 동시에 우리 앞에서 오른쪽에서 왼쪽으로 빠르게 빠져나가는 물체가 보였다. 해를 정면에 두고 있어 식별은 어려웠지만 군용기인 듯했다. 사실 10시 방향이라고 우리에게 주었던 항적정보는 뒤에 있던 항공기에 주어야 했던 정보였다. 뒤를 돌아보니 트레이를 손에 든 캐빈 크루가 토끼눈이 되어 우릴 쳐다보고 있었다.

본능에 반하는 비행

영어 표현에 'Counter Intuitive'라는 말이 있다. '본능에 반해' 정도로 해석할 수 있겠다. 이 단어에 어울리는 상황을 한번 생각해 보자. 어린 시절 우리는 누군가의 도움을 받아 처음으로 혼자서 자전거를 탔다. 그러던 어느 날 손기술이 아주 좋은 친구가 내가 조작하는 것과 반대 방향으로 힘이 작용하는 자전거를 만들어 한번 타보라고 권했다면 어떨까? 왼쪽으로 가려면 오른쪽으로 핸들을 틀어야 하고, 오른쪽으로 가려면 왼쪽으로 핸들을 돌려야 하는 이상한 자전거를 말이다. 처음에는 힘들겠지만 놀랍게도 시간이 지나면 아주 능숙하게 탈 수 있을 것이다. 그런데 만약 이와 비슷한 상황이 항공기에서 발생한다면?

자동차나 자전거와 달리 항공기는 일단 이륙하고 난 뒤 날개 끝에 장착된 에일러론Aileron이라는 장치를 위아래로 움직여 원하는 방향으로 선회할 수 있다. 그런데 공중에 부양하기 전에는 이 장치를 사용하지 않는다. 이는 문제를 사전에 인지하기 어렵다는 뜻이기도 하다. 물론 아주 불가능하지는 않다. 세스나처럼 소형 항공기는 플라이트 컨트롤 체크Flight Control Check를 할 때 조종사가 고개를 좌우로 돌려 날개 끝에 장착된 에일러론이 정상적으로 작동하는지 확인하고, B777 같은 대형 항공기는 칵핏에서 날개가 보이지 않기 때문에 조종면 시놉틱 페이지를 열어 정상 작동 여부를 계기로 확인하거나 날개를 비추는 카메라가 장착된 기종이라면 그 카메라로 조종면들이 제대로 작동하는지 살핀다.

그런데 정비사의 실수로 에일러론이 반대로 연결된 민항기가 있었다. 2018년 카자흐스탄의 에어아스타나 1388, 엠브라에르 ERJ-190LR기였다. 이 항공기는 이륙 후 극심한 조종 불능 상태에 빠졌다. 조종사들이 추락에 대비해 수차례 관제사에게 바다 쪽으로 항공기를 돌려 해안에 디칭Ditching하겠다는 의도를 밝힐 정도로 상황은 절망적이었다. 자그마치 1시간 30분 동안 잘못 연결된 에일러론과 씨름하며 추락 직전까지 들어갔다 회복하기를 수차례 반복하다가 마침내 기적적으로 점프시트에 앉아 있던 부기장이 문제의 원인이 반대로 연결된 케이블일 수 있다는 걸 깨달으면서 상황은 반전되었다.

그때까지 어떤 시스템 고장 메시지도 없었는데 그들은 일단

조종계통에 연결된 컴퓨터를 모두 차단했다. 플라이트 컴퓨터Flight Computer가 차단되면 ERJ 항공기는 오로지 조종사의 조작에만 반응하는 'Direct Law' 상태로 전환되며 그때부터는 선회할 때 날개 위 스포일러는 작동하지 않고 오로지 날개 끝에 달린 에일러론만 움직인다. 예상대로 에일러론으로만 비행하자 조종성은 훨씬 좋아졌다. 물론 반대로 연결된 케이블 때문에 왼쪽으로 선회하려면 조종간을 오른쪽으로, 오른쪽으로 선회하려면 조종간을 왼쪽으로 돌려야 했다. 나중에 밝혀졌지만 그날 컴퓨터로 작동하는 날개 위 스포일러는 정상이었고 정비사의 실수로 에일러론만 거꾸로 동작했다.

당시 조종사들은 연료가 완전히 고갈되기 전에 본능에 반하는 조작Counter Intuitive Control에 익숙해져야 했다. 결국 한 시간 동안 매뉴얼로 컨트롤하던 부기장이 거의 탈진 상태에 이르자 뒤에 앉아 이 문제의 원인을 맨 처음 알아내고 조언했던 부기장이 그를 대신해 조종간을 넘겨받았다. 이후 항공기는 사건 발생 후 90분 동안 두 차례의 고어라운드 끝에 인근 군 공항에 기적적으로 착륙했다.

그 사이 포르투갈 공군의 전투기 편대가 이륙해 이들의 상태를 외부에서 모니터하기도 했다. 수차례 조종 불능 상태에 빠졌다가 기적적으로 회복하는 과정에서 그들이 경험한 최대 중력가속도는 4G에 달했다. 이는 전투기가 기동 중에 경험하는 일반적인 중력가속도에 버금가는 것으로, 민항기의 일반적인 설계 하중인 2.5G를 훨씬 넘어서는 수준이었다.

막대풍선 같은 비행기의 동체

B777은 노즈에서 꼬리까지 약 80미터에 이르는 하나의 커다란 알루미늄 튜브라고 할 수 있다. 이 튜브는 고도가 올라가 여압이 가해지면 팽창하면서 부풀고, 반대로 고도가 내려가 내외부의 기압 차이가 줄어들면 서서히 쭈그러든다.

그런데 최근 뜻밖의 현상을 목격했다. 보통 때라면 이동하는 승객과 카트를 밀고 지나가는 캐빈 크루들 때문에 조종실 앞 퍼스트클래스에서 항공기의 꼬리 부분인 이코노미클래스 후방 갤리까지 한 번에 내려다볼 기회가 거의 없다. 그런데 지난주 승객이 탑승하지 않은 밸리카고Belly Cargo, 항공기의 승객 시트를 떼어내고 화물을 싣는 화물기 비행에서 처음으로 항공기 꼬리 부분을 한 눈에 볼 수 있었다. 놀랍게도 기

차의 객차들이 곡선 구간에서 뱀 꼬리처럼 구부러지는 것처럼 B777의 꼬리 부분 동체가 난기류가 충격을 줄 때마다 좌우로 또는 위아래로 흔들리다가 다시 제자리로 돌아오는 게 아닌가. 나뭇가지가 바람에 흔들리듯 동체가 터뷸런스에 반응해 마치 살아 있는 것처럼 유연하게 움직이고 있었던 것이다. 길이가 100미터에 이르는 거대한 막대풍선 같은 777-300ER의 동체니 어쩌면 당연한 현상일지도 모른다.

세상 모든 일과 마찬가지로 항공기 동체나 날개도 풍파에 맞서 부드럽게 휘어지지 않으면 곧 부러지고 마는 게 아닐까.

비행 중에 연료가 얼 수 있을까?

재난 영화 가운데 과학적 고증을 잘 거쳤다는 평을 받는 〈투모로우-Tomorrow〉를 보았는지 모르겠다. 영화에는 비행하던 헬리콥터가 하강하던 북극 냉기를 만나 유압계통과 연료관이 순식간에 얼어 추락하는 장면이 나온다. 영화적 상상이긴 하지만 실제 고고도로 비행하는 민항기에서 이 사례처럼 연료가 얼어붙는 일이 발생할 수 있을까?

정답은 "그렇다"이다. 겨울철 유럽이나 북극 부근에서 비행할 때 종종 경험하는 현상이다. 우리가 통상 연료로 사용하는 JET-A의 빙결온도는 영하 40도다. 그리고 동절기에 사용하도록 성분을 조정한 JET-A1은 영하 47도가 빙결온도다.

오래전 유럽 상공에서 A330으로 비행하다가 '연료온도저하Fuel

Temperature Low' 경고가 떠 고도를 내린 적이 몇 번 있다. 그런데 B777 에서는 이런 일이 거의 발생하지 않는다. 두 가지 요인이 있는데, 하나는 보잉의 연료탱크 디자인이 에어버스보다 차가운 외기 온도에 영향을 덜 받기 때문이고, 다른 하나는 보잉의 항공기가 에어버스의 항공기보다 통상 낮은 고도, 곧 따뜻한 대기에서 비행하기 때문이다. 보잉은 에어버스에 비해 더 무겁다.

지난 11년간 B777에서는 한 번도 연료가 빙결온도에 도달해 고도를 강하하거나 속도를 높여 TAT Total Air Temperature를 증가시킴으로써 연료 온도를 상승시킨 적이 없다. 여기서 TAT는 공기 마찰로 항공기 외부 스킨이 가열되어 상승하는 온도를 말한다. 음속의 세 배 속도, 곧 마하3으로 비행할 때 미 공군의 고고도 정찰기 SR-71의 순항 중 TAT는 섭씨 400도를 넘는다고 한다.

민항기는 마하 0.01을 증가시키면 TAT가 0.5~0.7도 증가한다. 물론 연료 소모가 높아지니 고도를 낮추는 것이 유리한지 아니면 증속하는 것이 나은지는 잘 판단해야 한다. 민항기는 그래서 영하 65도 이하의 구간을 90분 이상 비행하지 않도록 운항관리사 Dispatcher가 계획을 짠다. 장거리를 운항하는 대형기의 통상 비행고도 외기 온도는 영하 40도에서 50도 사이다.

관제사의 마음

길게는 8시간 동안 비행하면서 조종사는 항공기가 지나는 여러 국가의 관제사들과 대화를 나눈다.

"앙카라컨트롤, 좋은 아침입니다. 드림에어○○○, 고도 3만 7000피트입니다."

"드림에어○○○, 안녕하세요. 앙카라컨트롤입니다. 고도 3만 7000피트 유지하시고 다음 위치 보고는 보남Bonam에서 하세요."

통상 아무 문제 없이 비행이 진행되면 관제사와 조종사는 처음 진입할 때 한 번 그리고 그의 책임 관제구역을 벗어날 때 한 번 해서 단 두 번 인사를 나눈다. 그러니 그가 어떤 사람인지, 나이는 어떻게 되는지, 무슨 옷을 입었는지 혹시 결혼해서 아이는 있는지 알 길이

없다.

한번은 코펜하겐에서 이륙해 폴란드의 바르샤바 관제구역을 지날 때였다. 아주 커다란 뇌우구름이 항로에 자리 잡고 있어서 앞서가던 민항기들이 하나둘 폭풍을 회피하기 위해 경로 변경을 요구했다.

"바르샤바컨트롤, 터키항공235, 악기상을 피하기 위해 우선회 헤딩 110을 요구합니다."

여기까지는 일상적이었다. 그런데 그다음 관제사의 멘트가 일상적이지 않았다.

"터키항공235, 우선회 헤딩 110을 허락합니다. 그런데 이미 헤딩이 110이시네요. 다음에는 선회를 시작하기 전에 미리 요청해주세요."

터키항공 조종사는 마음이 급했는지 이미 항로에서 벗어나 헤딩을 110으로 돌린 뒤에 '사후 요청'을 한 것이다. 폴란드 바르샤바 관제사의 목소리는 차분했지만 분명하게 조종사의 잘못을 지적하고 있었다.

통상 조종사들이 관제사를 부를 때는 순항고도를 변경하기 위한 허가를 구하거나 이번처럼 항로에 버티고 있는 악기상을 회피하기 위해 헤딩을 요구하는 경우가 대부분이다.

한편, 내가 탄 B777이 터키 앙카라 비행정보구역을 벗어나기 5분 전, 라디오를 맡았던 나는 중앙 VHF 라디오에 주파수 127.8을 선택하고 조금 색다른 관제소를 불렀다. 항공기는 이란 영공 진입을 앞두고 있었다.

"에어 디펜스, 에어 디펜스, 드림에어○○○입니다."

"드림에어○○○, 이란 방공통제소입니다. 말씀하세요."

"드림에어○○○, 현재 고도 3만 9000피트, 코펜하겐을 출발해 목적지 두바이로 갑니다. 항공기 등록부호는 A6-○○○. 현재 트렌스폰더 코드는 1615로, 예상되는 영공 진입시간은 ○○○○입니다."

이란 영공을 통과하는 외국 국적기들은 매번 영공에 진입하기 직전 이렇게 이란 공군 방공통제소와 교신해 진입 허가를 받아야 한다. 미국과 지속적으로 외교적 갈등을 겪고 있고, 지역 내의 군사적 긴장이 오랜 시간 지속되는 상황이기에 그 필요성에 수긍이 간다.

한번은 이란 영공을 2시간 정도 비행한 뒤에 마침내 목적지를 눈앞에 둔 시점에서 어디선가 정체를 알 수 없는 교신음이 들렸다.

"혹시, 여기 이탈리아 사람 있어요? 유로컵 경기 결과 궁금하지 않아요?"

처음에는 누군가가 비상주파수에 장난을 치는 것이라 생각했지만, 곧 질문하는 사람이 다름 아닌 테헤란컨트롤 관제사라는 걸 알게 되었다.

"유로컵 경기 결과 알고 싶은 분 있나요? 방금 끝난 이탈리아와 잉글랜드 경기 결과를 알려드릴 수 있어요."

여기저기서 조종사들이 바로 관심을 보였다.

"이탈리아가 승부차기 끝에 이겼어요. 승객들에게 알려주면 좋을 것 같아서요. 하하."

감으로 대응하기

'seat of the pants'

'by the seat of your pants'

'seat of your pants feel'

'감으로 대응하기' 정도로 해석되는 이 말들은 항공에서 시작된 대표 영어 이디엄이다.

3차원인 비행이 2차원인 자동차의 주행과 다른 이유가 중력에 직접적 영향을 받는다는 점일 것이다. 이를테면, 휠을 누르면 항공기 피치가 낮아지면서 순간적으로 1G보다 낮은 중력이 작용한다. 심한 경우 몸이 공중에 붕 뜨는 느낌이 드는데, 시트벨트를 매지 않았다면 시트에서 이탈할 수도 있다. 반대로 휠을 갑작스럽게 몸쪽으로 당기면 좌석에 앉은 몸에 1G보다 더 많은 중력이 가해지면서 온몸이 내리눌리는 느낌을 받는다. 승객들이 터뷸런스를 통과하는 중에 "아악!" 하고 소리를 지르는 순간이 바로 이때다. 이때의 G값, 곧 중력의 변화를 가장 먼저 느끼는 신체 부위가 바로 시트에서 하중을 받는 조종사의 엉덩이이며, 이 엉덩이에 가해지는 '느낌'을 부르는 용어가 'seat of the pants feel'인 것이다.

자세 계기가 고장 나도 조종사는 이 'seat of the pants feel'만으로 순간적인 피치 변화를 감지하는 것이 어느 정도 가능하다. 엉덩이에 가해지는 시트의 느낌과 외부 참조물의 시각적 정보만으로 계기에 의지하지 않은 채 안정적으로 비행할 수 있다는 뜻이다. 그러나 정상적인 비행에서 외부 시각정보와 엉덩이 느낌이 계기와 서로 다른 정보를 줄 때 조종사들은 늘 "계기를 믿어라!"라고 말한다. 언제나 계기가 우선이다. 통계적으로 봐도 그렇다. 조종사들에게는 사실 좀 무서운 이디엄이다.

멘붕에 빠질 때

"야, 인마! 정신 안 차려? 손 떼! 발 떼!"

자다가도 벌떡 일어날 악몽 같은 질책을 한 번쯤 안 받아본 조종사가 있을까? 비행훈련에서 학생들은 종종 혼이 나가 아무것도 하지 못한 채 앉아 있곤 한다. 그런데 민항기 기장이나 공군 전투기 조종사들은 이런 '멘붕'에서 자유로울까? 관제사들은 어떨까? 갑자기 날씨가 나빠져서 9대의 항공기가 연속해서 고어라운드하는 상황이 발생하더라도 관제사들은 절대 '멘붕' 같은 것에 빠지지 않을까?

물론 그렇지 않을 것이다. 능력의 최대치에 차이가 있을 뿐 최대치를 초과하는 스트레스 상황에 빠지면 언제든 '멘붕'을 겪을 수 있다. 단지 차이는 있다. 고참 기장은 이때 조용히 시트를 뒤로 빼고

시계태엽을 돌리면서 부기장에게 말할 것이다.

"암말 말고 딱 1분만 시간을 줘."

스스로 감정을 추스를 수 있는 테크닉을 알고 있는 것이다. 관제사는 종종 쏟아져 들어오는 조종사들의 요청 때문에 업무가 일순간 마비되기도 하는데 그때 이렇게 말한다.

"All radio silence, I say again, all radio silence."

놀라서 잠시 퍼즐처럼 흩어진 정신을 다시 모아야 하는 프로들의 테크닉이다.

스포일러라는 요술 방망이

"익스텐디드 센터라인 플리즈Extended Centerline please!"(이러면 불필요한 웨이포인트들이 모두 사라지고 활주로로 이어지는 연장선만 남는다.)

그때까지 잘 따라오던 부기장 손이 갑자기 FMCFlight Management Computer, 비행관리컴퓨터의 수많은 버튼 위에서 잠시 멈칫했다.

1초, 2초….

그의 검지가 어디를 눌러야 할지 헤매고 있었다.

"디파처 어라이벌! 아니, 아니, 그거 말고 디파처 어라이벌. 그래, 그거 누르고 맨 아래 오른쪽, 그거 누르고 실행해!"

자정이 가까운 시간이었다. 평상시라면 절대 하지 않을 실수이기에 타박할 생각이 없었다. 이런 경우 한 번은 길을 알려줄 수 있지만 두 번까지 설명하고 기다려 줄 시간은 없다. 그땐 어쩔 수 없이 직접 FMC를 조작해야 한다. 다행히 부기장이 한 번에 이해하고 버튼을 누르기 시작했다.

"확인해주세요Confirm!"

"실행해Execute!"

마침내 ND와 FMC에 시원한 고속도로 같은 활주로 연장선만 남았다. 이로써 기장과 부기장 그리고 FMC(항법사를 대체한 바보 컴퓨터)가 비로소 똑같은 상황인식을 갖게 되었다.

비행은 관제사가 그린 머릿속 그림이 헤딩과 고도, 속도의 형태로 조종사에게 전달되고, 조종사는 그 지시에 따라 항공기를 조작하면서 동시에 FMC에 코딩하듯 관제사의 생각을 입력하는 방식으로 진행된다. 가까스로 부기장이 완성한 그림판 위에서 이제 기장은 언제 스피드브레이크Speed Brake를 넣을지 판단하면 된다. '나는 지금 높은가? 아니면 낮은가?' 바꿔 말하면 '나의 에너지가 너무 많은가? 아니면 적은가?'를 가늠하는 것이다.

스피드브레이크레버를 잡아당겨 세우면 그 신호는 전기 케이블을 타고 양쪽 날개 위에 각각 7개씩 장착된 스포일러Spoiler, 공기 흐름을 방해한다고 이렇게 이름 붙였다 패널의 엑추에이터에 전달돼 마치 조개가 입을 벌리듯 면을 세워 날개 위에 와류를 발생시킨다. 와류는 단순히 양력만 감소시키는 게 아니다. 흡사 지금껏 잘 달리던 버스가 갑자기 자갈이 깔린 비포장 도로에 진입한 것처럼 "두두두" 하는 큰 진동과 소음을 만든다. 캐빈에서도 느껴질 만큼. 자연적인 터뷸런스와는

그 색깔이 전혀 다르다. 스피드브레이크는 속도를 높이지 않고서도 강하율을 통상 두 배 정도 증가시킬 수 있으니 항공기 제조사가 조종사에게 선물한 요술 방망이다.

잡고 있던 스피드브레이크레버를 다시 서서히 밀어넣으면 기체를 두드리던 '버펫Buffet, 와류에 의한 진동'이 마치 날개 위에 있던 얼음이 떨어져나간 것처럼 사라진다. 이제 항공기는 랜딩하기에 에너지가 너무 과하지도 덜하지도 않은 안정된 상태에 도달한 것이다.

RNAV 계기접근

"드림에어○○○, RNAVArea Navigation, 지역항법 접근 예상하세요. 대략 활주로까지 55마일 남았습니다."

미국인 관제사는 약간 한가한 틈을 타 자신이 관제하고 있는 항공기들에 활주로까지 거리가 얼마나 남아 있는지 하나하나 알려주고 있었다. FMC의 PROG 페이지 버튼을 누르자 프로그램된 경로를 모두 따라갔을 때의 잔여 거리가 표시되었다. 구불구불한 트롬본 스타일의 STARStandard Terminal Arrival Route, 표준터미널도착경로 루트의 잔여 거리는 90마일이었다. 이에 줄여두었던 ND의 레인지를 늘려 활주로까지 대략적인 거리를 살펴보았다. 활주로 심벌이 전방 약 60마일 근처에 나타났다. 관제사가 잔여 비행거리를 55마일이라고 일러주었

으니 곧바로 최종 접근경로에 숏컷Short Cut, 경로 단축으로 넣어주겠다는
의미다.

"거의 직진입Straight In 접근이겠는데?"

혼잣말처럼 중얼거렸는데 인터폰 스위치가 켜져 있어 작은 목
소리를 부기장이 이해하기엔 충분했다.

"네."

"그렇다면 플라이트 레벨 체인지!"

그러고는 FLCHFlight Level Change, 비행고도자동변경라고 쓰인 버튼을
눌렀다. 그때까지 유지하던 VANVVertical Navigation, 수직유도정보제공 항행,
FMC에 입력된 경로 전체를 따라간다는 기정 아래 이상적인 고도 강하를 시시한다를 무시하
고 직진입을 가정해 강하율을 증가시키는 것이다. FLCH는 고도 선
택창에 방금 세트된 5000피트까지 아이들 파워Idle Power, 최소추력 상태로
B777을 강하시킬 것이다.

두 조종사의 무릎에 맞닿은 곳에 있는 센터 페더스털에는 두 개
의 CDUControl Display Unit가 장착되어 있어 각자 자기가 원하는 페이
지를 선택하는 게 가능하다. 나는 VNAV 강하 페이지를 선택해 직진
입을 할 때 필요한 강하각을 모니터했고, 부기장은 LEG 페이지를 펼
쳐두어 앞으로 진행할 STAR의 웨이포인트들과 그곳에서 유지할 고
도, 속도를 기장이 한눈에 알아볼 수 있도록 도왔다.

"드림에어○○○, 고도를 3000피트까지 강하하고 속도를 220노
트로 줄이세요."

고도 선택창 노브를 돌려 3000피트를 입력하고 속도를 220노트

까지 줄인 다음 스피드브레이크를 조금 더 당겨 감속했다. 이제 막 1만 피트를 지난 B777에게 3000피트를 바로 준다는 것은 강하를 지연하지 말라는 의미다. 손놀림이 바빠질 수밖에 없다.

우선 관제사가 어떤 패턴으로 활주로 연장선인 파이널에 자신의 항공기를 얹어줄 것인지 정확하게 알 수 없기에 시시각각 변하는 자신의 위치와 고도, 속도 그리고 전방기의 위치와 속도, 고도를 파악하고 있어야 한다. 아직까지 관제사는 STAR를 물고 가는 우리에게 헤딩 지시를 내리지 않고 있었다. 우리와 전방기 사이에는 여전히 구불구불한 STAR 경로가 50마일 이상 남아 있었다. 하지만 이 모든 사다리 타기를 건너뛰고 바로 RNAV 접근 파이널 경로로 레이더 벡터Rader Vector를 받게 될 듯했다. 전방기가 활주로 연장선인 최종 경로에 올라타 강하하는 것이 ND에 보였다.

잠시 고개를 들어 좌측 8시 방향 어두운 사막 위를 힐끗 바라보니 항공기 비컨이 점멸하며 움직이고 있었다. 같은 회사 B777이었다. 보잉의 스트로브는 한 번, 에어버스의 스트로브는 연이어 두 번 점멸한다.

베이스턴이 임박했다.

"드림에어○○○, 5마일 뒤 베이스턴 넣어드릴게요."

순간 시선이 VNAV DES 페이지의 숫자 하나를 살폈다. 미리 입력해둔 RNAV 활주로 30L 접근의 FAPFinal Approach Point, 최종접근지점인 DB713/2000 픽스 그 바로 아래로 4.5라는 강하각 정보가 보였다. 지금 우리 위치와 고도에서 DB713/2000피트 사이에는 4.5도 강하각이 필요하다는 뜻이다. 조금 높았기에 스피드브레이크를 다시 반쯤 당겨 강하율을 증가시켰다.

"드림에어〇〇〇, 좌선회 헤딩 210, 속도를 190노트로 줄이고 3000피트까지 강하하세요."

기다리던 베이스턴 지시와 강하할 고도 그리고 속도까지 세 가지 지시가 한꺼번에 주르륵 이어졌다. 먼저 헤딩버튼을 누른 뒤 노브를 시계 반대방향으로 돌려 210을 맞추자 항공기가 좌측으로 놀란 듯 움찔하며 선회를 시작했다. 표준 경로를 이탈하는 것이다.

고도 세팅 노브를 왼쪽으로 돌려 3000피트로 맞춘 뒤 속도를 플랩업 스피드인 215노트까지 줄이고는 스피드브레이크레버를 반쯤 당겨두었다. 그러고는 속도 세팅 노브를 다시 잡은 채 잠시 대기했다. 항공기는 약 1000FPM의 강하율로 하강 중이었다. 속도가 줄면서 강하율이 잠시 떨어졌지만 곧 플랩업 스피드에 도달하면서 B777이 다시 고개를 숙이자 강하율이 2000FPM까지 늘어나는 것이 보였다.

부기장은 관제사에게 리드백 중이었다. 말보다 손이 더 빨랐다. 부기장이 리드백을 마치자 기다렸다는 듯 "헤딩 210, 3000피트 세트"라고 일러주었다.

"체크."

부기장의 "체크" 소리가 떨어지기 무섭게 지시를 내렸다.

"플랩 원."

관제사가 지시한 속도 190노트까지 줄이려면 플랩을 내려야 한다. 플랩이 나오지 않은 상태에서 항공기가 감당할 수 있는 최저속도인 플랩업 속도는 215노트였다. 부기장이 리드백을 마치고 플랩을 내릴 때까지 일단 플랩업 속도(에어버스의 Green Dot Speed)까지만 줄이고는 손을 노브에 둔 채로 기다렸다. 만약 손을 떼고 스피드브레이크레버만 잡고 있다가는 자칫 관제사가 지시한 속도인 190노트로 줄여야 한다는 사실을 잊을 수 있기 때문이다. VNAV 강하 페이지에는 DB713/2000까지 약 3.5도 강하각이 시현되어 있었다.

오른손으로 헤딩 노브를 시계방향으로 돌려 270으로 맞추고는 그 오른쪽 고도 선택창에 2000피트를 입력했다. B777은 고도 4000피트를 지니면서 속도를 180노트에서 160노트로 소금 더 술이면서 활주로가 있는 오른쪽으로 천천히 선회해야 한다.

"속도 160노트."

부기장은 기장이 무엇을 원하는지 알고 있었다. 그의 손이 빠르게 VNAV 강하 페이지에 능숙하게 속도 160을 입력하고는 올바르게 입력했는지 확인을 요구했다.

"확인해주세요!"

"실행해!"

순간 ND에 그동안 시현되던 VDEV 지시계(FMS가 입력된 자료를 기준으로 이상적인 에너지와 현재 에너지의 차이를 보여준다)가 순간 사라졌다. 그 간단한 계산에도 시간이 필요할 만큼 FMC는 30년 전 도스 DOS 컴퓨터를 기반으로 만들어진 낡은 시스템이다.

그사이 계기접근 파이널 경로를 물기 위해 먼저 LNAV 버튼을 눌렀다.

"LNAV ArmLNAV 모드 연결!"

"LNAV CaptureLNAV 연결 완료!"

그러자 FMC가 파이널 코스를 물었다. LNAVLateral Navigation, 횡적 안내정보제공항행를 물었다는 것은 이제부터 조종사의 간섭 없이도 FMS 가 알아서 활주로까지 항공기를 적어도 횡적으로는 끌고 간다는 의 미다. 하지만 중요한 한 가지가 더 남았다. VNAV를 연결해야 한다. 이걸 연결해야 항공기는 FMC가 제공하는 3도 강하각을 유지하면 서 활주로까지 내려갈 수 있다. 손을 뻗어 VNAV 버튼을 누르려다가 ND에서 뭔가를 찾았다. ND에 VDEV 지시계가 정중앙 포인터를 물 고 있었다. 현재 항공기의 에너지가 FMC가 생각하는 이상적 강하각 과 일치한다는 의미다. 마치 전투기가 적기의 꽁무니를 물고 락온을 한 상태와 같다. 발사 버튼만 누르면 되는 것이다.

녹색으로 빛나고 있는 LNAV 버튼 아래에 있는, 아직 연결되기 전이라 어두운 상태의 VNAV 버튼을 찾아 누르면서 "VNAV"라고 콜 아웃하자 동시에 속도계 지시창에 조금 전까지 시현되어 있던 160 이 사라졌다. 이제 PFDPrimary Flight Display, 자세·속도·고도계가 하나에 통합된 주 비행지시계 맨 위에 시현된 모드 정보를 읽어내려야 한다.

"SPD, LNAV, VNAV PATH"

이를 사람 말로 해석하면 '인간 조종사들은 이제 안심해. 활주 로 직전까지 내가 비행할게'쯤 되겠다. 더이상 고도나 헤딩을 돌려 항공기를 조종할 필요가 없다는 뜻이다. FMS에 코딩되어 있는 그대로 항공기가 자동으로 비행하는 것이다.

RNAV 접근은 ILS 접근과 달라 완벽하게 LNAV와 VNAV를 동시에 연결해 FMS에게 넘겨주어야 한다. 그런데 그게 쉽지 않다. 오죽하면 보잉은 활주로에 불과 7마일 정도까지 근접해 수평비행이 된 상태에서 마지막 VNAV 모드를 연결하는 것을 이상적인 것처럼 매뉴얼에서 설명하고 있을까.

강하 중에 어쩌다 3도 강하각보다 낮은 상태에서 VNAV를 연결하면 갑자기 강하를 멈추고 레벨오프Level Off, 고도에 정지해버리는 통에 조종사와 관제사를 당황스럽게 하기도 하고, 만약 높은 상태에서 연결하면 3도 강하각에 도달할 때까지 VNAV PATH 모드가 걸리지 않는다. 이 두 모드의 차이는 뭘까? VNAV PATH는 FMS가 비행한다는 뜻이고 VNAV 스피드는 FMS가 건네받기에 항공기가 수직적으로 덜 다듬어져 있다는 뜻이다.

기어와 플랩을 모두 내려 랜딩 준비를 마쳤다. 활주로를 지척에 둔 고도 600피트에서는 오토파일럿을 풀고 매뉴얼로 비행해야 한다. 어쨌든 랜딩만은 여전히 인간 조종사의 몫이다.

4장

랜딩

조종사에게 랜딩이란 무엇일까?

거액을 들여 비행교육에 들어간 교육생들이 조종사의 꿈을 접어야 하는 결정적 이유가 바로 '랜딩이 안 되어서'다. 지금도 전 세계 수만 명의 예비 조종사가 활주로 높낮이를 판단하기 위한 '목측'을 익히려고 길고 짧은 활주로 사진을 책상에 붙여둔 채 고개를 숙였다 들었다를 반복하며 그 '감'이라는 것을 얻기 위해 분투 중일 것이다. 비행이 없는 날에는 주기장에 나가 고개를 들어 먼 곳을 그윽하게 바라보면서 수없이 앉았다 일어서곤 한다. 랜딩 과정에서 항공기가 활주로로 접근하는 '침하'라는 것을 주변시로 느끼려고 오늘도 누군가는 그곳을 서성거리고 있을 것이다.

개구리 올챙이 적 생각을 못 한다고 그렇게 '감'이라는 것을 잡

고 한참을 비행하다 보면 어느 날 후배들에게 실언을 하기도 한다.

"렌딩? 그까짓 거 뭐, 내충 업트림Up Trim 몇 번 써주면 되는 거잖아!"

종종 비행을 잘한다는 것이 결국 랜딩을 잘하는 것으로 단정되기도 한다. 조종사들 말로 비행 과정에서 아무리 '개판'을 치더라도 랜딩이 깔끔하면(이 일을 모르는 사람들에겐 터무니없이 들리겠지만) 용서가 되는 것이다. 반대로 비행의 모든 과정이 더할 나위 없이 완벽했더라도 마지막 그 찰나의 순간을 망치면 곧바로 교관이나 기장으로부터 핀잔을 듣는다. 비행을 누구보다 사랑했던 생텍쥐페리도 랜딩에서 몇 번의 사고를 내는 바람에 말년이 불우해졌다. 과연 랜딩은 조종사에게 무엇일까? 많은 조종사의 꿈이기도 한 민항기 기장에게 랜딩은 또 어떤 의미일까?

사실 랜딩은 항공기를 안전하게 내리는 수준이면 족하다. 직업병에 감염되어 완벽주의자가 된 조종사들은 가능하지도 않은 완벽한 랜딩을 추구한다. 어느 날은 이른바 '깻잎 한 장' 느낌으로 스르르 붙여보고 싶고, 날씨가 나쁘고 활주로가 짧은 곳에서는 일부러 최소한의 당김으로 '펌랜딩'Firm Landing, 경착륙으로 다소 충격이 있는 강제 접지을 계획하기도 한다. 그런데 늘 마음먹은 대로 되는 것은 아니다.

실오라기 하나 날리지 않을 것 같은 윈드캄Wind Calm 상태에서 깻잎 한 장 랜딩을 하려다가 마지막에 이유 없이 무너지듯 우당탕 내리기도 하고, 짧은 활주로라서 반드시 거칠게 펌랜딩을 해야 하는 곳인데도 의도치 않게 플로팅Floating, 접지하지 못하고 동동 떠내려가는 현상을 하다가 계획한 출구로 빼지 못하고 활주로 끝까지 가야 하는 경우도 생긴다.

많은 조종사가 기장으로 승급하지 못하는 이유 가운데 하나도 랜딩을 믿을 수 없어서다. 랜딩은 조종사에게 가장 기본이 되는 능력이고 이것이 흔들리면 그날부터 비행이 무서워진다. 처음 비행을 시작할 때 '착륙의 그 감'을 잡기까지 고생하던 그 무서움을 기억하기에 비행의 모든 순간이 좋았더라도 마지막 랜딩이 거칠면 마치 그날 비행 전체를 망친 것 같은 기분이 드는 게 당연하다. 그러나 일이 잘못되었을 때 어떻게 대처할지 그 대안만 준비되어 있다면 충분하다. 절대로 넘지 말아야 하는 최후의 선만 넘지 않는다면 이 문제로 직업을 바꿀 일은 없을 것이다. 그 선은 '비행안전'이라는 선이다.

랜딩에는 왕도가 없다!

경험이 미천한 부조종사 시절 나 역시 틈만 나면 동기들과 주기장에 나가 앉았다 일어서기를 반복하면서 목측의 변화를 익히려고 무던히 애를 썼다. 랜딩 마지막 단계에서 침하를 느끼지 못하니 당김이 늦거나 부족해서 늘 만족스럽지 않았다. 지금은 비행시간이 1만 시간을 넘어가니 예전에 선배 기장님들이 말씀하시던 '어떤 상황에서도 안전하게 내리는 경지'에 다다른 것도 같다. 한 달 이상 비행을 쉬어도 랜딩의 감은 크게 달라지지 않는다.

사실 조종사들 사이에서 서로 개입하기 힘든 부분이 바로 랜딩 당김에 관한 조언이다. 자칫 낯 뜨거운 오지랖이 되기 쉬워서다. 그런데 한 번은 조언을 들어보고 싶을 때가 있었다. 한국에서 A330 부기장으로 일하던 시절 시드니로 가는 비행에 식구들을 동반한 날이다. 호기롭게 기장에게 시드니 랜딩을 해보겠노라고 요청했다. 그리고 그날 랜딩은 거의 '재앙' 수준의 펌랜딩이었다. 짐을 찾는 곳에서 다시 만난 10살도 안 된 딸이 나를 발견하고 했던 첫 마디가 "아빠! 허리 아프잖아! 그렇게밖에 못 해?"였다. 그날 이후 식구들에게 나는 비행 못하는 조종사가 되어버렸다. 지금도 식구들이 뒤에 타고 있으면 랜딩을 맡지 않으려 한다.

지금까지 한 랜딩 중에서 가장 기억에 남는 나쁘고 거친 랜딩은 이른 아침 윈드캄 상태에서의 홍콩 랜딩이었다. 모든 것이 완벽한, 우리들 말로 '깻잎 한 장' 랜딩을 시현할 절호의 기회였다. 부기장에게 교과서적인 랜딩이 무엇인지 보여줄 심산으로 활주로 위로 날아들어갔다.

"50, 40, 30, 20, 10…."

여기까지는 아주 좋았다. 분명 항공기 맨 뒤쪽 바퀴가 활주로를 스치는 느낌이 들었다. 속으로 '역시!'를 외치면서 바로 리버서를 당겼다. 곧이어 스피드브레이크레버가 '드르륵' 소리를 내며 올라오는 게 보였다. 그때 '아차' 싶었다. 아직 접지되지 않은 공중에서 리버서가 작동되었다는 느낌이 들자마자 바로 "쾅" 소리를 내며 내려앉고 말았던 것이다. 그렇게 심한 펌랜딩을 그때까지 해본 적이 없었다. 어찌나 당황스럽던지….

호텔에 도착하자마자 매뉴얼을 한참 뒤적였다. 어떻게 접지하지 않은 상황에서 리버서가 작동하고 스피드브레이크가 올라왔는지

(프로택션 장치로 작동이 방지된다) 찾기 위해서다. 그렇게 몰두한 끝에 이번 경우가 정말 흔치 않은 극소수의 예외적 상황이라는 것을 알게 되었다. 어쨌든 오토스피드브레이크가 작동되기 전에 성급히 리버서레버를 올린 내 실수였다. 그날 이후 '깻잎 한 장'으로 내리겠다는 유혹을 늘 뿌리치고 안전하게 내리자는 방향으로 마음을 바꿨다.

경력이 20년이든 30년이든 랜딩에는 왕도가 없다는 걸 다시 한 번 깨달았다. 방심하면 망신당한다.

펌랜딩이 필요한 순간

인도 뭄바이에서 페덱스 MD-11 화물기가 빗속에서 착륙하다가 그만 활주로를 오버런Overrun, 활주로 끝을 지나치는 것하는 사고를 냈다. 6~8월 인도는 몬순이 몰아치는 시기다. 거의 매일 폭우가 내리다 그치기를 반복한다. 운 나빴던 페덱스 크루들은 동서 방향으로 난 긴 활주로가 아니라 예상대로 남북 방향의 짧은 활주로에 내리다 사고를 냈다. 동서 방향 활주로는 공사 중이었을 것이다. 또 화물을 가득 채운 데다 날씨까지 최악이다 보니 만약을 대비해 예비 연료까지 충분히 채워놓았을 것이다. 이렇게 최대착륙중량Maximum Landing Weight으로 랜딩을 시도하면 당연히 활주 거리가 늘어난다.

우기에 뭄바이 활주로는 순간순간 아주 미끄럽고 바람은 변덕

스럽다. 정풍인 줄 알고 활주로에 들어섰는데 마지막 순간 배풍으로 바뀐 적도 있다. 사고 이후 바람을 살펴보니 몇 시간이 지나지도 않았는데 벌써 방향이 돌아 활주로 방향도 바뀌어 있었다. 그래서 이런 날 랜딩할 때 기장들은 마음속으로 반드시 펌랜딩을 하겠노라 계획한다. 그런데 폭우로 빗물이 가득 고인 활주로에 '쿵' 하고 내리는 일이 쉽지만은 않다. 늘 연착륙에 익숙해져 있다 보니 일부러 거칠게 내리는 것이 오히려 어려운 것이다. 승객들은 닿은 듯 만 듯 부드럽게 랜딩해야 실력이 좋은 기장이라고 판단하겠지만, 비가 내리는 뭄바이 같은 곳에서는 사실 거칠게 내려야 안전하다. 그래야 감속이 빠르다.

랜딩이 어려운 MD-11의 특성도 사고에 영향을 미쳤던 것 같다. 이 항공기는 거칠게 내리면 바운싱Bouncing, 착륙 후 다시 튀어오르는 현상하는 경향이 있다. 이러면 활주 거리가 크게 늘어난다.

외항사에 입사해 훈련을 받을 때 뭄바이의 짧은 남북 방향 활주로와 비슷한 조건에서 랜딩을, 그것도 야간에 한 적이 있다. 그때가 처음이자 마지막이었을 것이다. 훈련 중인 부기장이 고집을 부리는 통에 어쩔 수 없이 휠을 넘긴 담당 교관은 내내 불안한 표정을 숨기지 못했다. 내 랜딩은 일반적인 펌랜딩보다 조금 더 거칠었다. 의도한 것보다 더 거칠었던 데에 의기소침해진 나는 교관에게 사과를 건넸다.

"죄송합니다, 기장님. 랜딩이 조금 거칠었습니다."

"무슨 소리야? 난 자네 랜딩이 거칠어서 너무 좋았어. 잘했어!"

표정을 보니 진심이었다.

기장에게 폐를 끼치기 싫어서일까? 아니면 거절당할 거라 지레 짐작한 것일까? 날씨가 좋지 않은 날 자기가 랜딩을 해보면 안 되겠냐고 물어오는 당돌한 부기장이 점점 줄어드는 것 같아 아쉽다.

규정을 어기고 접근한다는 것

어제 도착한 아프리카 짐바브웨의 하라레공항의 일 년도 더 된 노탐Notam, 항공고시보이다.

Approach procedure

1A13/19

The flight calibration certificate for ILS rwy 05 at R.G Mugabe International Airport issued in march 2018 has expired. The system is being ground checked monthly awaiting the next flight calibration.

이곳 활주로에는 ILS가 설치되어 있고, 이에 대한 지상 점검도 받은 상태다. 하지만 마지막 비행점검Flight Check이 실시된 지 일 년이 넘어 공식적으로는 사용할 수 없다. 독재자 무가베 대통령이 엉망으로 만들어놓은 경제 때문에 비행점검 항공기가 운영되지 못한 게 그 이유다. 이것만이 아니라 활주로 관리와 항공등화시스템Lighting System 에도 문제가 심각하다. 활주로 등이 절반 정도만 중간중간 들어오는 관계로 야간에는 항공기 운항이 제한된다. 사실 이 노탐 때문에 당황스러운 상황에 직면한 적이 있다.

연초에 B777 중앙유압장치의 작동유가 비행중에 완전히 바닥나 이 공항에 비상착륙해야 했다. 회항의 모든 과정이 순조로웠고 랜딩 후 활주로에 정지한 뒤 주기장으로 이동하기 위해 토잉카Towing Car를 불러야 한다는 것 말고는 별다른 추가 조치가 필요 없는 비교적 명확하고 단순한 비상이었다.

문제는 접근을 준비하는 과정에서 발생했다. 비행점검을 받지 않아서 사용할 수 없는 ILS 접근을 하느냐, 아니면 조금 더 번거로운 비정밀 VOR 접근을 하느냐로 당시 칵핏에 있던 세 명의 조종사 간에 의견이 나뉘었다. 일단 ILS 접근을 계획하되 만약 접근 시작 전 이 노탐의 문제가 해결되지 않았다는 사실이 관제소로부터 확인되면 비정밀접근으로 바꾸기로 의견을 모았다. 그런데 막상 공항에 근접해 비정밀접근을 FMC에 셋업하면서 문제가 발견되었다. 접근차트와 FMC의 코딩이 무슨 이유에서인지 서로 달랐던 것이다. 접근이 곧 시작되고 이제는 항공기의 플랩과 랜딩기어를 비상 모드로 내린

채 비행에 집중해야 할 시기에 예상치 않은 문제가 조종사들에게 혼란을 준 것이다.

항로기장과 부기장 모두 내 얼굴만 바라보며 결정을 기다렸다. 더이상 이 문제로 혼란을 이어갈 수 없는 비상상황이었기에 "모든 책임은 내가 질게. ILS 접근으로 하자"라고 말하며 상황을 정리했다. 어느 쪽으로 결정하든 결과는 같았을 것이다. ILS는 지상점검은 통과했지만 비행점검은 받지 않은 상태였고 비정밀접근은 접근차트와 FMC의 코딩이 달라 모든 접근 과정을 베이직모드(제한적인 오토파일럿)로 수행해야 할 상황이었다. 아직 챙겨야 할 비정상 체크리스트가 남아 있는 상황에서 추가로 베이직모드 비정밀접근을 수행한다면 일이 복잡해져서 그만큼 실수할 가능성이 커질 듯했다. 사실 일이 잘못되어도 나머지 두 조종사에게는 책임을 면할 공식적인 '선언'을 기장이 해주었으니 내심 반가웠을 것이다.

"비행점검을 거치지 않은 계기착륙시설은 사용해서는 안 된다."

이날 비상상황에서 규정을 따르지 않은 것은 경험상 그것이 더 안전할 것이라는 판단이 있었기 때문이다. 공군에 있을 때 비행점검을 한 경험이 있어 교정Calibration이 대부분 아주 작은 단위이며 접근 자체에는 큰 문제가 되지 않는다는 것을 알고 있었다.

공군 조종사 생활에서 얻은 경험들은 아직도 어렵고 중요한 결정을 앞두고 있을 때 종종 큰 도움이 된다. 지식은 환경이나 운영하는 기종에 따라 바뀌지만 수십 년을 비행한 경험은 은퇴하는 그 순간까지 유지된다.

조종사 분들께 아주 중요한 질문을 해본다.

"당신은 규정을 의도적으로 어겨본 적이 있는가?"

미국에서의 시계접근

미국의 대형 공항 대부분은 날씨가 허락하는 한 보통 시계접근 Visual Approach을 당연하게 여긴다. 시계접근을 부여하면 관제사는 전방 항공기와의 간격 분리에 책임을 지지 않아도 되므로 가능하면 이른 시기에 조종사에게 전방기나 활주로를 눈으로 식별했는지 종용하는 상황이 종종 벌어진다. 약 3000피트 고도에서 7마일 이상 떨어져 있는 활주로를 식별한다는 것은 사실 어려운 일이다. 엄밀히 말하면 활주로를 확실히 식별하기 전에는 시계접근 허가를 받아서는 안 된다.

하지만 현실에서는 활주로를 식별하지 못했는데도 식별했다고 보고하는 것을 서로 눈 가리고 아웅 하듯 넘어가는 경우가 많다. 이

전 비행에서 댈러스공항에 접근하면서 접근관제Approach Controller로부터 "2시 방향, 11마일 앞에 있는 활주로를 식별하면 보고해달라"라는 지시를 받았다. 같은 방향으로 네 개의 활주로가 있는 대형 공항이니 그중 어느 활주로에 내려야 하는지 식별되지 않은 상황에서 활주로들만 희미하게 보였다. 이때 성실한 부기장은 "아직 식별 안 됨"이라고 대답했고, 조금 뒤 관제사가 다시 활주로를 식별했는지 물어오자 망설이는 게 보였다.

"그냥 봤다고 말해줘. 어차피 저기 보이는 활주로 중 하나일 거잖아. 우린 18R 로컬라이저Localizer, 방위각제공시설 물고 들어갈 거야"라고 말하며 부기장을 안심시키고 나서야 시계접근 허가를 받을 수 있었다.

동일한 거리라 할지라도 댈러스공항을 수십 년 동안 드나들었던 조종사와 몇 년에 한 번 들어오는 외국 항공사 조종사가 활주로를 식별할 수 있는 능력에는 큰 차이가 있을 것이다. 하지만 관제사들은 이 부분을 고려할 여유가 없다. 너무 바쁘기 때문이다. 이때 고지식하게 활주로가 100퍼센트 식별될 때까지 계속 보이지 않는다고 보고하면 무슨 일이 일어날까?

가장 먼저 관제사가 당황할 것이다. 다른 항공기들을 처리해야 하는데 계속 보지 못했다고 한다면 일이 꼬인다. 그렇게 당황하고 있는 상황에서 설상가상 다른 항공기가 라디오에 끼어들면 고도를 내려줄 시기를 놓칠 가능성이 크다. 활주로는 점점 가까워지는데 고도가 높다면 조종사가 가까스로 활주로를 식별한다 해도 너무 늦다.

불안정 접근Unstabilized Approach이 되어 고어라운드해야 하는 상황에 처하는 것이다. 행여 그 상황에서 그대로 착륙하면 경위서를 작성해야 할 수도 있고 심하면 사고로 이어질 수도 있다.

그러면 미국의 로컬 조종사들은 어떻게 하는 걸까? 자주 오는 곳이니 먼 거리에서도 익숙하게 식별할 수 있을지 모른다. 그런데 늘 그럴까? 사실 이들도 별반 다르지 않다.

한번은 어느 미국 항공사의 조종사가 관제사의 활주로 식별 요청을 받고 바로 활주로를 식별했다고 보고한 뒤 3000피트 이상에서 시계접근 허가를 받았다. 그런데 이후 2000피트를 지날 무렵 관제사와 조종사는 이런 대화를 나눴다.

"실링이 어느 정도 되나요?"

"실링 2000입니다!"

"잠깐만요. 조금 전 3000피트 이상에서 활주로 식별했다고 해서 시계접근 허가를 줬잖아요. 그런데 지금 실링이 2000이라니? 무슨 소리예요?"

"…"

룰과 현실은 사실 괴리가 있다. 책임은 물론 조종사에게 있지만 이런 정도의 융통성도 발휘하지 못한다면 미국 비행이 매번 힘들어진다.

랜딩을 돕는 요소들

B737, B777, A380 같은 대형 민항기를 랜딩시키는 것과 세스나 같은 작은 항공기를 랜딩시키는 데 있어 가장 큰 차이는 무엇일까? 비행학교에서 배우는, 곧 랜딩을 위해 활주로 끝을 바라보다가 침하를 느끼며 당김을 하는 것이 언제까지 적용될 수 있는 테크닉일까? 날씨가 좋은 날에는 B777, A330, A380 같은 대형 민항기 조종사들도 활주로 전체를 느끼면서 또는 활주로 끝을 내려다보면서 침하를 느끼며 당김을 한다. 그런데 민항기는 훈련기가 아니다 보니 늘 날씨가 좋을 때만 랜딩할 수는 없다. 비가 오든 눈이 오든 안전하게 내려야 한다. 이런 제한된 시각참조물Visual Referance 환경에서 랜딩할 때는 다른 도움이 필요하다. 이때 참조하는 중요한 장비가 바로 전파

고도계Radio Altimeter다. 실시간으로 시현되는 고도를 읽고 판단하는 것이 아니라 100피트 이하에서 들리는 고도 콜아웃 소리를 듣고 플레어 시기를 판단하는 것이다. 곧 "50, 40, 30, 20, 10" 소리를 들으며 플레어 양과 시기를 결정해야 한다.

물론 날씨가 좋을 때도 이 소리를 들으며 플레어 시기와 양을 조절해야 하지만 기상이 애매한 상황에서 전파고도계 콜아웃의 중요성은 아무리 강조해도 지나치지 않다. 실제 전파고도계 콜아웃이 순간적으로 다른 소리에 묻히면 조종사들이 종종 플레어 시기를 놓쳐 하드랜딩을 하게 된다. 교관도 예외일 수 없다. 대게는 "싱크 레이트Sink Rate"를 알리는 GPWSGround Proximity Warning System, 지상접근경고장치 콜아웃이 가린다.

민항기 조종사의 랜딩 플레어는 눈이 오나 비가 오나 흔들림이 없어야 한다. 그래서 기상에 영향을 받는 눈보다 귀에 더 의존하게 된다. 물론 오토랜딩이 허용되는 상황에서는 오토랜딩을 하는 것이 가장 안전한 방법이다.

폭풍 속 랜딩에 앞서 나눠야 할 이야기들

부기장은 기장이 되기 전 악기상이나 저시정 상태에서 접근이나 랜딩을 해볼 기회가 없다. 악기상에서는 기장만 랜딩할 수 있다. 따라서 정작 기장 승급에 들어갈 때까지 부기장들은 폭우가 쏟아지는 야간에, 폭 45미터짜리 짧은 활주로에, 센터라인 라이트Centerline Light와 터치다운존 라이트Touchdown Zone Light가 없는데다 측풍까지 부는 상황에서 내려본 경험이 거의 없다. 정말 배포가 큰 기장이 아니고서는 이런 조건에서 부기장에게 휠을 넘기기가 쉽지 않다. 그래서 우리끼리 하는 얘기로 '부기장 10년보다 기장 1년 경험이 더 크다'라고 말한다.

가장 일어날 확률이 높은 항공기 사고는 폭우가 내리는 동남아

시아 공항에서 랜딩 중에 활주로를 이탈하는 것이라고 종종 말한다. 동남아시아와 인도처럼 몬순 지역에서는 일 년에도 몇 건씩 활주로 이탈 사고가 발생한다. 무엇 때문에 이런 사고가 빈발하는 걸까? 사고 조사에 따르면 이런 랜딩 사고Runway Excursion에는 공통점이 있다.

첫째, 야간이다.

둘째, 폭우가 내리는 상황이다.

셋째, 활주로 폭이 좁다. 60미터가 아닌 45미터짜리 구형 아스팔트 활주로다.

넷째, 기장과 부기장 모두 신참이다.

다섯째, 측풍이 불고 있다.

여섯째, 활주로 센터라인 라이트가 없다.

일곱째, 활주로 터치다운존 라이트가 없다.

여덟째, 폭우로 고어라운드했다가 두 번째 접근 중이었다.

아홉째, 활주로 표면에 홈파기Grooving가 되어 있지 않은 경우다. 이때 횡방향 드리프트Lateral Drift를 지닌 상태에서 접지하다 옆으로 미끄러지는 측방 수막현상Lateral Hydroplaning이 발생한다.

열째, 앞서 동일한 조건에서 착륙한 항공기가 있었다.

열한째, 긴장한 나머지 접지 후 짧은 활주로임에도 습관적으로 풀 리버서Full Reverser가 아닌 아이들 리버서Idle Reverser만 사용하는 경우다. 이는 수막현상으로 브레이크 효과가 떨어지는 경우 감속에 도움을 줄 유일한 장치인 리버서를 가장 효과가 큰 고속에서 사용하지 못하는 치명적 실수다.

며칠 전 방콕을 거쳐 프놈펜공항에 착륙할 때 위에서 언급한 조건에 대부분 해당되었다. 부기장과 내가 경력 조종사였다는 점만 달랐다. 그리고 고어라운드 후 홀딩해야 할 곳이 레이더에 노란색 강수지역으로 표시되어 있었다. 이런 곳에서 홀딩을 하면 승객들이 많이 불편해 한다. 그래서 만약 고어라운드한다면 발간된 실패접근절차Published Missed Approach Procedure가 아닌 활주로 연장선 방향Runway Heading으로 상승하겠다고 미리 관제사에게 통보했다. 그리고 발간된 홀딩고도Published Holding Altitude 2000피트가 아닌 4000피트를 요구했다. 왜냐하면 공항 인근의 최저안전고도Minimum Safe Altitude가 2000피트가 아닌 4000피트였기 때문이다.

폭우 속 랜딩에 대비해 브리핑 과정에서 우리가 추가한 사항은 이렇다.

"위에 언급한 모든 악조건으로 만약 접지 전 횡방향 드리프트가 발생한 것을 인지하지 못하고 접지하면 활주로에 쌓인 수막으로 항공기가 미끄러지면서 방향 컨트롤을 상실해 활주로를 이탈할 가능성이 매우 높다. 그러므로 부기장은 마지막 순간까지 로컬라이저를 참조해 횡방향 드리프트가 발생하는데도 기장이 인지하지 못하고 있다면 무조건 고어라운드를 콜아웃해야 한다."

결국 조종사 개인의 판단이다. 동일한 기상에서 누구는 고어라운드를 하고 누구는 랜딩하는 차이는 기장이 그 상황에서 자신감을 가지고 있느냐 아니냐로 나뉜다. 자신감이 있다면 내려도 좋다. 대신 경험 부족으로 자신이 없다면 절대 무리해서는 안 된다. 제일 중요한 것은 두 조종사가 만들어내는 팀워크다.

이런 사항을 조종사들끼리 먼저 이야기한 뒤 접근을 시작해야 실수를 해도 사고로 이어지지 않는다.

"오늘 고어라운드는 제 실수 때문입니다."

제일 마지막으로 차에 오르면서 인도 출신으로 보이는 운전사에게 오른손 손가락 끝을 오므려 모아 내밀었다. 운전사는 곧 고개를 끄덕였다. 잠시만 기다려달라는 뜻이다.

곧이어 버스에 타고 있던 크루들 시선이 내게 집중되었다. 평상시 같으면 스마트폰을 확인하느라 정신이 없었겠지만 어느 한 명도 예외 없이 나를 바라보고 있었다. 엄청난 집중력이다. 그들 표정에서 지금 무슨 생각을 하고 있는지 보이는 것 같았다.

"여러분, 오늘 고어라운드는 제 잘못입니다. 제가 접근 중에 스위치 하나를 잘못 조작했어요. 그래서 계기접근 전파를 타고 내려가지 못하고 2000피트에 레벨오프하고 말았습니다. 이로 인해 랜딩이

지연된 점 사과드립니다."

이 말이 끝나자마자 몇 명은 기다렸다는 듯 입을 열었다.

"괜찮아요, 기장님. 안전하게 비행해주셨잖아요."

또다른 크루가 "기장님 좀더 자세히 설명해주시…"라고 말하려던 찰나 옆에 앉은 동료가 옆구리를 쿡 찌르는 게 보였다.

"아닙니다, 기장님. 따로 질문드릴게요."

그는 멋쩍게 웃고는 손을 내렸다. 자리에 앉자마자 버스가 움직였다. 옆에 앉은 사무장에게 상황을 자세히 설명해주자 동그래진 눈으로 집중해 듣고 있던 그녀가 연신 고개를 끄덕였다. 이들은 지금 내 마음이 편치 않다는 걸 잘 알고 있다. 아이패드를 꺼내 분주하게 무언가를 검색하던 부기장이 다행히 답을 찾아냈는지 흡족한 미소를 지으며 다가왔다. 그러고는 내게 아이패드를 건네주며 해당 항목을 손가락으로 눌러 보여주었다.

"보고서는 쓰지 않아도 되겠어요. 1000피트 이하에서의 고어라운드만 안전보고서를 써야 한다고 나와 있어요. 여길 보세요."

그의 말처럼 ASR Air Safety Report, 항공안전보고서을 써서 회사에 반드시 제출해야 할 '사건' 목록에 오늘처럼 2000피트에서 고어라운드하는 상황은 포함되어 있지 않았다. 안전상 문제가 있었던 것으로 회사가 인식하지 않는다는 뜻이다.

"다행이다. 한 가지 수고는 덜었네."

그 말을 하는 순간에도 마음에서는 '나도 인간이다. 언제든 실수할 수 있다. 실수한 뒤에 잘 처리해서 안전하게 내렸으니 잘한 거야!'라는 방어의 목소리와 '야, 이게 뭐니? 안 하던 실수를 다 하고. 지금 비행에 최선을 다하고 있는 것 맞아?'라고 핀잔하는 목소리가 싸우고 있었다. 한동안 두 마음 사이에서 갈등할 것이다. 그러다 오래지 않아 결국에는 스스로 답을 찾아낼 것이다.

한 시간 전 두바이 터미널 공역Terminal Area 고도 8000피트에서 강하 중에 있었던 일이다.

"드림에어○○○, 2000피트로 강하를 허가합니다. 활주로 30L로 계기접근하세요. 전파 잡으면 보고하세요."

부기장이 리드백하는 동안 고도계에 2000피트를 세트하고는 "계기접근 코드 정확함. 접근 모드 연결!"이라고 간략히 콜아웃했다. 그러고는 눈높이에 위치한 MCPMode Control Panel, 항공기 운항 모드를 입력하는 패널의 APPR 버튼을 오른손 검지손가락으로 가볍게 눌렀다. 그러자 계기에 접근을 위해 필요한 로컬라이저와 글라이드슬로프 전파를 잡을 준비가 되었다는 "LOC GS"라는 코드가 시현되었다.

상당히 먼 거리에서 접근 허가를 받은 조금 특이한 경우였지만 모든 계기가 정상이었고 항공기는 계기접근의 이상적 각도인 3도 강하각에 근접하게 접근하면서 천천히 내려가고 있었다. 곧이어 로컬라이저와 글라이드슬로프가 동시에 녹색으로 바뀌었다.

"로컬라이저와 글라이드슬로프 전파 잡았고, 고어라운드를 위해 3000피트 설정함!"

콜아웃 후 오른손으로 스피드브레이크레버를 반쯤 당겨 잡았다. 210노트의 속도로 글라이드슬로프를 물고 내려가다 보면 항공기 특성상 자연스럽게 속도가 증가한다. 따라서 양쪽 날개 위 스포일러를 세워 와류를 발생시키면서 속도가 늘지 않도록 막은 것이다. 자칫 5마일 앞에서 날고 있는 전방기와의 거리가 너무 가까워지면 그가 활주로를 개방하기도 전에 활주로에 진입하게 되는 위험한 상황으로 이어질 수도 있다. 그래서 이 시기 정확한 속도 유지는 매우 중요하다.

그때 관제사의 예상치 못한 지시가 전달되었다.

"다른 항공기 때문에 그러는데요. 혹시 2000피트까지 먼저 내려가서 글라이드슬로프를 다시 잡아줄 수 있겠습니까? 부탁드리겠습니다."

부기장이 '어떻게 대답할까요?'라는 표정으로 나를 쳐다보았다. 바로 고개를 끄덕여주었다.

"네, 문제없습니다. 고도 2000피트로 먼저 내려가서 글라이드슬로프를 다시 잡겠습니다."

"아, 감사합니다."

모든 것이 안정적인 상태에서 계기접근 전파를 풀고 2000피트로 내려가 다시 전파를 잡아야 했다. 가장 먼저 오른손으로 APPR 버튼을 눌러 그간 물고 있던 로컬라이저와 글라이드슬로프 모드를 해제했다. 그러고는 로컬라이저 버튼만 눌러 좌우 경로를 유지하는 전파만 다시 연결했다.

"로컬라이저 캡쳐"라는 콜아웃과 함께 스피드브레이크를 좀더 당겨 강하율을 높이자 B777은 3도 강하각 아래로 고도를 떨어뜨리기 시작했다. 곧이어 글라이드슬로프의 위치를 지시하는 동그란 포인터가 계기에서 위로 떠올랐다. 항공기는 2000피트에 도달한 뒤 다시 글라이드슬로프 전파를 잡아야 한다.

그때 또다시 관제사의 지시가 떨어졌다.

"드림에어○○○, 지금부터 속도를 180노트로 줄여 10마일까지 유지하고, 그곳에서 다시 160노트로 줄여 활주로 4마일 전까지 유지하세요."

리드백을 마친 부기장을 향해 "플랩을 15도까지 내려줘"라고 말한 뒤 플랩이 내려오기 시작하자 플랩에 맞게 185노트 옆으로 포인팅된 화살표까지 속도조절 노브를 돌려주었다. 그 사이에 속도를 더 줄이기 위해 최대로 스피드브레이크를 당기자 순간 속도계의 트렌드벡터Trend Vector, 10초 후 도달할 속도를 화살표 형태로 미리 보여주는 디지털 지시계 화살표에 감속 상황이 확연히 보였다. 하지만 동시에 강하율이 급격히 증가하는 것이 수직속도계Vertical Speed Indicator에 나타났다. 재빨리 손을 움직여 FLCH 모드에 있던 강하 모드를 VSVertical Speed 모드로 바꾸고 스위치를 위에서 아래로 두어 번 돌려 강하율을 1000FPM으로 맞추자 잠시 깊어졌던 기수가 올라오면서 항공기는 안정을 찾았다. 그리고 날개 위 14개의 스포일러가 모두 최대 각도로 올라와 와류를 만들면서 빠르게 속도를 줄여주었다.

속도가 190노트를 지날 즈음 "기어 다운, 플랩 20!"이라고 지시하자 부기장이 왼손을 뻗어 기어레버를 내렸다. 동체 바닥에서 기어 도어가 열리고 육중한 랜딩기어가 떨어져내리는 느낌이 들었다. 유압 모터의 진동 그리고 랜딩기어가 바람이 스치는 소리가 둔탁하면서도 날카롭게 섞여들었다.

랜딩을 준비하라는 부기장의 PA가 끝나자마자 랜딩체크리스트 버튼을 눌러 아래쪽 디스플레이에 시현시켰다. 이 모든 과정이 거의 쉴 없이 진행 중이었다. 조종실은 이때가 가장 바쁜 순간이다.

기장은 그사이 항공기가 2000피트에서 레벨오프하지 않고 정확히 2000피트 직전에 글라이드슬로프를 캡쳐할 수 있도록(그래야 불필요하게 파워를 올려 소음을 만들지 않고 부드럽게 강하할 수 있다) VS 버튼을 돌려 강하속도를 500FPM까지 줄였다.

머릿속에서는 곧 글라이드슬로프를 물고 플랩을 30도까지 내린 상태에서 랜딩체크리스트를 마칠 수 있겠다는 계획이 그려졌다. 고개를 들어 환한 불빛으로 가득한 활주로를 스윽 바라보고는 칵핏으로 시선을 옮겼다. 모든 것이 더할 나위 없이 이상적이었다. 글라이드슬로프가 녹색으로 바뀌어 실패접근고도Missed Approach Altitude 3000 피트를 선택하려고 손을 드는 순간이었다. 갑자기 계기에 전혀 예상치 못한 모드가 시현되었다. 순간 당황스러웠다.

"ALT."(현재 고도를 유지하는 모드)

동시에 글라이드슬로프 포인터가 빠르게 항공기 아래로 떨어지는 게 보였다. 항공기는 급격히 3도 강하각보다 높아지고 있었다. 접근관제사를 도와주기 위해 잠시 해제했던 글라이드슬로프 모드를 다시 선택해야 하는 것을 부기장도 나도 그만 잊었던 것이다.

부기장이 "기장님, 오토파일럿 풀고 누르시죠!"라는 말을 건네자 오른손을 들어 잠시만 기다려달라는 신호를 주었다. 그러고는 고통스럽게 말을 꺼냈다.

"접근 중단!"

부기장이 순간 믿기지 않는다는 듯 다시 확인하려고 물었다.

"접근 중단 맞습니까?"

"맞아. 관제소에 얘기해줘. 2000피트 유지하면서 접근 중단하겠다고."

잠시 후 다운윈드에서 PA를 위해 수화기를 들었다.

"승객 여러분, 기장입니다. 우리 항공기는 안정적인 접근을 위한 요건이 충족되지 않아 접근을 중단했습니다. 이미 착륙을 위한 절차에 다시 진입했습니다. 약 10분 뒤 착륙하겠습니다. 착륙이 지연되어 죄송합니다. 이해해주셔서 감사합니다."

터미널에 도착해 수트케이스가 나오기를 기다리는데 몇몇 승무원이 차례로 다가와 이런저런 질문을 던졌다. 그들 질문에 대답하는 사이 수트케이스가 컨베이어벨트로 떨어지는 게 보였다. 수트케이스를 벨트에서 내린 뒤 크루들에게 작별 인사를 건네는데 한 승무원이 나를 잠시 잡아 세웠다.

"기장님, 오늘 랜딩 이후에 직접 고어라운드 이유를 설명해주시고 또 자기 실수였다고 말씀해주셔서 감사합니다. 지금껏 고어라운드를 몇 번 겪어봤지만 오늘처럼 기장님이 크루들에게 직접 설명해준 경우는 처음이에요. 보통 무서운 얼굴로 아무 설명 없이 시선을 외면하고 계셔서 물어볼 수가 없었거든요. 감사합니다. 기장님은 좋은 분이에요. 다음에도 같이 비행해요."

실수는 누구나 한다. 조종사도 마찬가지다. 중요한 것은 실수 이후 어떻게 끝맺음할 것인가다.

랜딩 직전 30초간 조종사는 무슨 생각을 할까?

약간 좌측으로 흘렀잖아. 괜찮아, 아주 약간이야. 조금만 오른쪽으로 휠을 눕히자. 그래, 그렇지. 그렇게 들어가서…. 이제 그만. 다시 FDFlight Director, 항행지시기에 항공기 심벌을 겹쳐서 올려두고. 좋아, 지금 안정적이야. 강하율 한번 보고! 700FPM. 오늘 가벼워서 이 정도면 괜찮아. 밖을 봐봐. 지금 이 자세야. 안정적이지? 그대로 밀고 들어가자. 오늘 플레어는 30피트 이하에서 해야 하는 거 잊지 말고. 높은 고도에서 플레어를 시작하면 오늘 가벼워서 랜딩이 거칠 거야.

"50!"

50피트야. 아직 당기지 말고 그대로 강하율 유지하고. 그렇지,

좋아. 활주로가 주변시로 꽉 차게 들어오고 있네.

"30!"

자, 30피트야. 살살 플레어하자. 많지 않게. 오늘 가벼워. 조금 더 침하를 허용하면서.

"10!"

살살. 살살.

"두둑!"

아니, 뭐야? 벌써 닿은 거야. 플레어가 적었잖아! 괜찮아. 집중해. 아직 몰라! 그대로 당김 유지하고. 그렇지, 그대로…. 지금 바운스할 수도 있어. 기다려, 기다려.

다행히 바운스는 아니야. 원했던 것보다 일찍, 거의 마지막 당김 없이 내린 꼴이지만 그렇다고 거칠지 않았어. 펌랜딩은 절대 아냐. 뒤에 타고 있는 스리랑카 대사도 이 정도면 나쁘다고 생각하지 않을 거야.

"스피드브레이크업, 리버서스 노멀!"

자, 활주로에서 나갈 택시웨이 브라보가 저기 멀리 보이네. 첫째는 그냥 보내자.

"60노트!"

아직 멀어. 속도 너무 줄이지 마. 감속이 빠르니까 오토브레이크 풀고 타력으로 굴러가게 두자! 그렇지, 속도 좋아. 60에서 40노트로 떨어진다. 감속 좋아.

그런데 말야. 왜 마지막에 확 떨어졌지? 당김이 평상시보다 부족하진 않았잖아? 어두워서 침하를 못 느낀 거야? 아, 바보야! 정풍이 500피트까지 25노트였잖아. 활주로 위 타워윈드는 5노트 정도였고. 정풍 감속이 큰 걸 미리 알고 있었잖아? 그때 뭐라고 했어? 속도를 추가로 세트하지 않고 떨어지는 것 보면서 적극적으로 미리 파워를 보충하고 당김을 좀 많이 해서 똑같이 잘 내리겠다고 했지? 그런데 어쩌냐? 네 생각대로 안 됐네? 그러니까 하던 데로 1~2노트 미리 증가시켜서 MCP에 세트했으면 깔끔했을 거 아냐?

이상은 내 모진 자아가 평가한 콜롬보 랜딩이다. 미스터 '자아' 씨! 왜 나한테만 평가가 박해? 우리 같이 내린 거잖아?

대형 민항기의 랜딩이란?

랜딩은 늘 겸손해지는 순간이다. 좋은 날이든 나쁜 날이든 오토 파일럿을 풀기 전 항상 반복하는 나만의 '손가락 의식'이 있다. 아무도 모르게 슬쩍 오른손 셋째와 넷째 손가락 끝으로 TOGA 버튼을 문지르는 것이다.

"대형 민항기의 좋은 랜딩은 미니멈 이하에서 일정한 강하율을 유지하는 것이 관건이야!"

민항사에 갓 들어와 A330 부기장으로 비행하던 시절 어느 교관에게 들었던 조언을 지금도 늘 랜딩 전 마음속으로 되뇌곤 한다.

새벽 2시. 베트남 하노이에는 출발 전 부기장이 브리핑한 대로 폭우가 쏟아지고 있었다. 1만 피트 아래로 내려와서야 레이더가 많이 늦게, 공항 상공에 비구름의 반사파를 보여주었다.

"오늘 밤 내가 운이 좋은 조종사일까?"

통상 동남아시아에서는 야간에 내리는 소나기가 길어야 30분을 넘지 않는다. 다행히 우린 운이 좋았다. 공항을 지나친 비구름이 접근경로로 들어와 내내 시야를 방해했지만 미니멈 이하에서는 더 악화되지 않았다. 1000피트를 지나며 확인한 바람 방향은 좌측 90도, 측풍 30노트였다. 소나기 정중앙을 지나고 있었다.

"타워! 바람 정보 확인 바랍니다."

다행히 관제사가 불러준 활주로상 바람은 45도 좌측풍에 5노트였다. 급격히 바람이 줄어드는 윈드시어를 예상할 수 있는 상황이었다. 순간순간 속도계의 트렌드벡터가 기준 속도 이하로 떨어지려는 게 보일 때마다 강제로 쓰러스트레버를 밀어넣어 에너지를 증가시켰다.

오토파일럿도 의도적으로 조금 늦게 풀었다. 센터라인 라이트가 없는 활주로에, 그것도 소나기가 지나는 야간에 랜딩하면서 호기를 부릴 여유 따위는 없다. 마음속으로 '그대로, 그대로'를 몇 번이나 되뇌었을까?

전파고도계의 자동 콜아웃 소리가 들렸다.

"50, 40, 30…."

좌우 와이퍼가 사납게 팔을 휘젓는 와중에 다행히 강하율은 일정했다. 이러면 랜딩이 나쁠 수 없다.

조금 뒤 스피드브레이크가 "위잉" 소리를 내며 올라왔다. 미끄

러운 활주로였는데도 의도치 않게, 아쉽게도 부드럽게 접지했다. 터치다운존 접지가 조금 더 거칠었다면 좋았을 텐데.

비행착각이 존재하는 공항

오래전 대구공항에서 잘못된 글라이드슬로프False Glide Slope를 물고 내려간 적이 있다. 우연히 벌어진 일이지만 어찌 되는지 궁금해 그대로 따라가봤다.

스페이스셔틀Space Shuttle의 랜딩이 그랬을까? 한눈에 보기에도 평상시 강하각의 두 배쯤 되는 깊은 글라이드슬로프를 물고 내려갔다. 하늘에 대롱대롱 매달린 황당한 느낌이었다. 속도는 올라가는데 비행기는 코를 박은 채 활주로 끝을 향해 마치 고집 센 강아지마냥 한번 물은 글라이드슬로프를 놓아주지 않았다.

그런데 접근 과정에서 이런 황당한 느낌이 드는 공항이 있다. 레바논의 베이루트공항의 활주로 16이다. 차트상으로는 3도 강하각이

고, 활주로 양 끝단의 고도 차이도 30피트 정도로 그리 크지 않다. 그런데 ILS 16의 글라이드슬로프를 물고 가다가 활주로가 눈앞에 들어오면 마치 잘못된 글라이드슬로프를 탄 것처럼 활주로 끝이 벌떡 일어선 듯 보인다.

이곳에 랜딩할 때의 찝찝한 기분은 이루 말할 수 없다. 분명 목측은 한참 높은데 모든 계기는 3도 강하각을 지시하고 있는 것이다. 사정이 이렇다 보니 베이루트에 들어갈 때는 혹시 부기장이 "제가 해보겠습니다!"라고 나서면 어쩌나 하는 걱정을 하곤 한다.

이번에도 랜딩을 위한 마지막 단계인 고도 2000피트 이하에서 ILS의 3도 글라이드슬로프에 항공기를 올려두면서 부기장과 나는 누가 먼저랄 것 없이 동시에 말했다.

"너무 이상한데?"

이런 시각적 착각은 터치다운 쪽 활주로가 바다에 접해 있거나, 그 반대편 끝의 표고가 점점 높아져 산이 있을 때 발생한다. 또는 활주로 폭이 45미터로 좁을 때도 그렇다. 이 세 요소가 어우러지면 실제로 3도 강하각 접근인데도 강하각이 깊거나 항공기가 높은 것처럼 느껴지는 것이다.

이럴 때 효과적인 대처법은 하나다. 버티고Vertigo, '비행착각'이라 부르는 공간지각력 상실에 들어갔을 때와 똑같은 방법으로 극복해야 한다. 활주로를 바라보는 비율을 줄이고 계기를 믿고 들어가는 것이다. 가급적 오토파일럿을 늦게 풀되 풀고 난 이후에는 평상시처럼 감각에 의한 조준점Aiming Point을 잡고 들어가기보다 FD만 따라간다는 기분으로 접근해야 한다. 그렇지 않으면 결국 내가 높다는 느낌 때문에 어느 사이 무의식적으로 피치를 눌러 항공기가 낮아진다. 심한 경우에는 GPWS 경고가 나오고서야 깨닫기도 한다.

내 눈이 사실이 아닌 비행착각을 일으킬 때 결국 믿을 것은 단하나, 계기밖에 없다. 100피트까지는 계기를 따라간다는 느낌으로 진행하다가 활주로에 들어서면서는 고개를 들어 플레어를 시작해야 한다. 평상시와 다른 시각적 착각에서 오는 당혹스러운 감정을 잘 다독이는 것이 제일 중요하다.

계기를 믿어야 한다. 앞서 말했듯 이런 비행착각은 해안가 활주로나 야간에 주로 발생한다. 그래서 일부 기장은 야간에 발리나 베이루트공항에 랜딩할 때 경험이 적은 부기장에게 휠을 맡기지 않으려 한다.

굳이 "플레어"를 외치지 않아도

화물칸을 은색 LD3 알루미늄 컨테이너와 팔레트로 가득 채우고 홍콩을 이륙한 지 8시간이 되어서야 마침내 목적지인 두바이가 시야에 들어왔다. 겨울 한철 이곳에도 안개와 소나기를 동반한 폭풍이 불어닥치는 터라 제일 먼저 TOD를 지나면서 주변의 구름 모양을 살폈다. 예보는 먼지가 많아 시정 4000미터 그리고 바람은 290도에 20노트, 돌풍 30노트였다. 다행히 구름은 모두 1만 피트 아래에 드문드문 흩어져 있었다.

고도를 내리면서 점차 선명하게 드러나는 노란 사막 위 뭉게구름이 어릴 적 노래에 나오는 양떼구름마냥 무리 지어 흘러가고 있었다. B777은 구름 위를 스치듯 넘기도 하고 야무진 작은 뭉게구름이 내지르는 힘에 밀려 휘청거리기도 한다.

그때 점점 선명히 드러나는 사막 위 짙은 물색 호수들. 흡사 알프스산맥 남쪽의 이탈리아 밀라노에 들어갈 때 목격하는 빙하가 만든 호수를 보는 듯하다. 처음 보는 사람이라면 사막에 저렇게 많은 호수가 있다니 하고 놀랄 법하다.

B777이 플랩과 랜딩기어를 차례로 내려 외장을 갖추고 활주로를 향해 내려가는 동안 우측으로 모래 먼지가 일어나는 게 보였다. 저 모래 폭풍이 활주로까지 이동하면 순간 시정이 수백 미터 수준으로 떨어지고 돌풍 때문에 위험한 상황을 맞이할 수도 있다.

"모하메드, 고어라운드 절차 리마인드해줘!"

"네, 기장님."

1000피트 근처에 다다라 오토파일럿을 끄고 매뉴얼로 조종할 준비를 하던 모하메드가 다시 한번 밖을 내다보고는 대답했다. 그러더니 속도계 노브를 조금 돌려 3노트를 증가시킨다. 돌풍에 대비해 에너지를 더 얻으려는 생각이다.

"미니멈!"

GPWS의 자동 콜아웃이 랜딩이 임박했음을 알린다.

"컨티뉴!"

모하메드가 안과 밖을 번갈아 바라보며 입으로 중얼거렸다.

"100!"

100피트를 알리는 콜아웃이 들릴 때까지도 모하메드는 제법 단단히 FD를 물고 안정적으로 강하했다.

"50!"

이때 그가 약간 피치를 누르는 느낌이 들었다.

"40!"

PFD에 그간 유지하던 750FPM에서 조금 깊어진 850FPM으로 강하율이 증가하는 게 보였다. 항공기는 최대착륙중량에 가깝다. 무겁다. 그래서 강하율이 깊어지면 플레어를 더 높은 고도에서 더 확실하게 충분히 해주어야 한다.

"30!"

이때까지 플레어가 시작되지 않았다. 본능적으로 내 오른손이 부기장 모하메드와 나 사이의 공간으로 쑥 끼어들었다. 그리고 손바닥을 위로 향한 채 손목을 빠르게 위로 까딱였다. 플레어를 해야 한다는 신호다. 다행히 내 손짓을 주변시로 보았는지, 아니면 그때 하려고 원래 마음먹은 것인지 부기장은 적절한 플레어로 안전하게 접지시켰다.

신임 기장이던 시절에는 플레어가 늦는 부기장들을 보면 휠을 대신 당기기도 하고 "플레어!"라고 소리치기도 했다. 그러다가 나만의 테크닉을 만들었다. 이제는 직접 휠을 만지는 개입도 하지 않고, 플레어를 시작해야 한다고 소리를 내지도 않는다. 그냥 주변시로도 잘 보일 것 같은 공간에 오른손을 주욱 내밀어 손목을 까닥임으로써 플레어를 해야 한다고 신호를 줄 뿐이다. 그러면 부기장들 대부분은 실수 없이 플레어를 해냈다.

"좋은 접근에 좋은 플레어였어!"

내가 준 신호 때문에 잘 내렸다는 근거는 어디에도 없다. 결국
그가 내린 것이다.

러시아로 비행할 때 주의해야 할 것

민항기 조종사에게 도움이 될 러시아공항의 팁을 소개하고자 한다.

첫째, 전이고도Transition Altitude, 항공기의 수직 위치가 MSL을 기준으로 관제되는 주변 공항 고도와 전이비행고도Transition Level, 전이고도 이상에서 사용할 수 있는 최저 비행고도 사이를 전이층Transition Layer이라고 하는데, 러시아공항에서는 이 사이의 고도를 절대 사용하지 않는다. 이 사이 고도는 잊어도 좋다.

둘째, ILS 접근에서 베이스턴 90도 각도까지 헤딩과 고도를 부여한 뒤 접근 허가를 관제사 대부분이 생략한다. 러시아공항에서 이 상황은 허가된 것과 동일하다. 그대로 로컬라이저와 글라이드슬로프를 타고 접근하면 된다. 특히 모스크바에서는 파이널을 넘어가면 비행금지구역을 침범하게 된다. 접근 허가가 생략되었다고 해서 그대로 파이널로 넘어가서는 안 된다.

셋째, 전이고도 이하에서 주어지는 고도는 늘 단 하나 FAP 고도다. 다른 고도는 절대 주어지지 않는다. 고민하지 않아도 된다. 접근 전에 외우고 있다가 차트를 볼 필요도 없이 세트하면 비행에 집중할 수 있다.

넷째, QFE공항의 기압값을 나타내는 고도계와 미터법Metric의 조합은 상황을 인식하는데 아주 효과적이다. 관제사가 900미터를 준다면 이는 활주로에서 9마일 떨어진 곳에서 유지할 고도다. 만약 500미터라면 5마일 파이널에서 이 고도에 도달하면 이후 활주로까지 3도 강하각을 유지할 수 있다. 아주 쉽다. 공항의 표고Field Elevation와 무관하다.

다섯째, 러시아공항의 폭풍은 종종 저시정까지 동반한다. 따라서 최대한 연료를 채우고 가야 한다. 회항에 대비해야 할 만큼 최악의 날씨다. 다른 곳의 폭풍 정도를 예상한다면 큰 오산이다.

5장

세이프티

항공사 관리자는 어떤 모습이어야 할까?

10여 년 전으로 기억한다. LCC 항공사들이 지금처럼 많아지기 전 대형 항공사들의 안전관리체계가 거의 완벽한 단계에 도달하면서 그해 전 세계 항공사고율이 사망 사고 기준으로 제로를 기록한 적이 있다. 많은 사람이 드디어 항공안전관리체계가 완벽한 단계에 들어섰고, 더 이상 민항기 사고는 보기 힘들 것이라고 생각했다. 나역시 이 기록에 한껏 고무되었다.

10여 년이 지난 지금 우리는 대형 항공사나 LCC 항공사 가릴 것 없이 거의 매일 사고 소식을 접한다. 완벽한 항공안전관리는 처음부터 불가능한 꿈이었던 것 같다. 항공안전관리에서는 인간의 실수는 완벽히 통제할 수 없는 것으로 본다. 아무리 노력하고 시스템을 만들어도 인간이기 때문에 실수를 100퍼센트 막을 수 없는 것이다. 그래서 단순히 실수를 막거나 줄이는 것이 아니라 실수했을 때를 대비한 시스템을 구비해두려는 쪽으로 일을 한다.

인간이 실수할 것을 예상하고 이 실수가 극단적 결과로 연결되지 않도록 하는 시스템의 구현이야말로 보다 현실적이고 현명한 접근법이다. 이를테면, 조종사가 늦잠을 자서 제시간에 출근하지 못하는 바람에 항공기의 출발이 지연되었다고 해보자. 이것이 크루 개인에게만 책임을 물을 사안일까? 그렇지 않다. 회사 시스템이 잘못된 것이다. 언젠가는 또다른 조종사가 늦잠을 자서 항공기 출발이 지연될 것이기 때문이다. 이런 경우를 대비해 대기하는 조종사를 충분히 확보해두는 것이 현명한 것이지 모든 조종사가 실수 없이 늦지 않게 출근하도록 통제하겠다는 발상은 사실 원시적인 것이다.

누군가는 '날씨가 안 좋은 날 대신 비행할 예비 조종사가 있으니 조종사들이 좀더 편한 마음으로 병가를 내지 않을까' 하고 생각할지도 모르겠다. 맞다. 그럴 수 있다. 실제로 난이도 높은 공항으로 가야 하거나 날씨가 안 좋은 날에는 출근시간에 닥쳐서 병가를 내는 비율이 그렇지 않은 날보다 더 높다. 이때 필요한 것은 과거로 다시 돌아가 악의적인 병가를 비난하는 데에서 그칠 것이 아니라 이를 관리할 시스템을 구축하는 것이다. 의도가 불순한 병가를 반복해서 내는 조종사들을 걸러내거나 별도로 관리할 시스템을 만들고 예비 조종사들이 최악의 조건에서도 안전하게 임무를 마칠 수 있도록 준비시키는 훈련과 관리가 병행되어야 한다. 단순히 한 가지 방법으로 해결할 수 있는 사안이 아닌 끊임없는 연구와 개선이 필요한 시스템화 과정이다.

규모가 작은 회사는 '우리는 그냥 조종사들을 말로 관리하는 것이 편하고 비용이 덜 들어서 그대로 할래'라고 말할 수도 있다. 이런 핑계로 관리자에게 모든 책임을 넘기면 결국 서로 싫은 소리를 할 수밖에 없는 상황을 맞닥뜨린다.

인간은 그것이 실수든 의도적인 것이든 늘 의외성을 지닌 존재다. 따라서 그 의외성을 인정하고 대비하는 절차를 만드는 것이 보다 현명한 항공사 운영일 것이다. 내가 몸담은 항공사의 관리자들도 오랫동안 말로 다그치면서 크루들을 관리하려 했다. 그러나 실패했다. 이제는 시스템이 그 일을 훨씬 잘 해내고 있다. 이상을 향한 끊임없는 고민과 절차 수정이 이곳에서도 현재진행형이다.

규정의 올바른 해석

내가 가장 관심 있는 분야는 '규정의 올바른 해석' 분야다. 항공사의 규정, 곧 〈FOMFlight Operations Manual, 비행운영교범〉이 누구를 위한 것이라고 생각하는가? 당연한 질문일지도 모른다. 조종사들이 보는 규정이니 조종사를 위한 것이라고 말하는 것이 올바른 대답이겠다. 하지만 조금 다르게 생각해볼 필요도 있다.

지금은 어떤지 모르겠지만 울란바토르공항으로 운항하는 일부 항공사들은 '커미팅 고도Commiting Altitude'라는 것을 설정해 운영한다. 통상적인 '미니멈 고도Mininum Altitude'보다 훨씬 높은 고도를 설정하고, 이 고도에 이르기 전에 랜딩을 결심하거나 고어라운드하라는 요구다. 일반적인 접근에서 AGLAbove Ground Level, 지상고도 200피트에서 고어라운드하는 경우를 생각해보자. 활주로 너머에 병풍처럼 드리운 높은 산들 때문에 고어라운드 이후 매우 가파른 상승각Climb Gradient이 필요하다면 그 상승각이 접근차트에 별도로 표시된다. 그리고 이 상승률은 언제나 단발 엔진을 기준으로 계산된 것이다.

항공사가 어느 공항에 커미팅 고도를 설정해두었다는 것은 이 고도 미만에서 항공기가 고어라운드를 결정했을 때 정말 운 나쁘게도 한 개의 엔진에 문제가 발생한다면 장애물을 회피하기 위한 최소 요구 상승률이 나오지 않는다는 이야기다. 그렇다면 모든 항공사가 이런 커미팅 고도를 설정해 운영할까? 그렇지 않다. 어떤 항공사는 이런 경우 페이로드Payload, 해당 항공편의 여객, 수하물, 화물의 총 중량를 제한해 상승 성능을 높이는 쪽을 택한다. 이야기가 조금 벗어났지만 다시 규정의 올바른 해석 쪽으로 돌아가보자.

어떤 항공기가 커미팅 고도를 지난 상황에서 순간적인 돌풍을 만나 갑자기 고도가 높아졌다고 상상해보자. 조종사는 항공기를 억지로 눌러 랜딩하거나(이 경우 활주로를 이탈하거나 브레이크 과열로 화재가 발생할 수 있음) 고어라운드를 결정할 수 있다(이 경우 만약 엔진 페일이 동반되면 요구되는 상승 성능을 충족하지 못할 수 있음). 어느 쪽을 선택해야 할까?

규정을 따르려는 조종사라면 무리한 랜딩을 감행할 것이다. 그런데 그 규정이 왜 생겼는지 이해하는 조종사라면 고어라운드를 택할 것이다. 커미팅 고도는 항공사가 해당 공항에 높은 페이로드를 유지한 채 운항하기 위해 해당 국가에 허가를 얻을 목적으로 만든

절차다. 조종사에게 이 고도 이하에서는 무조건 착륙하라고 요구하는 절차가 아닌 것이다.

만약 이 배경을 이해하지 못하고 단순히 고어라운드에 요구되는 상승 성능이 나오지 않는다는 데에만 생각이 머물러 잘못된 판단을 내린다면 자칫 랜딩 사고가 발생할 수도 있다. 그래서 항공사는 이런 곳으로 운항하는 조종사들에게 자세히 설명해줄 책임이 있다.

그러면 고어라운드 도중에 엔진이 고장날 확률이 높을까? 아니면 PAPIPrecision Approach Path Indicator, 진입각지시등가 모두 흰색인 상태에서 억지로 랜딩해 활주로를 벗어나거나 브레이크가 과열될 가능성이 높을까? 아마도 고어라운드하는 편이 백번 안전할 것이다. 엔진이 고어라운드하는 도중 고장나는 상황은 안전을 위해 최악의 상황을 가정한 것일 뿐이다.

항공사의 많은 절차와 규정은 사실 그 배경을 살펴봐야 제대로 이해할 수 있다. 〈FOM〉은 조종사를 위한 규정이면서 많은 부분 항공사의 이익을 보호하기 위해 보험을 들듯 당국의 허가를 받아 만든 법적 서류다. 곧 항공사의 이익을 최우선으로 고려한 정책과 절차를 담은 매뉴얼인 것이다. 모든 책임을 떠안은 조종사의 판단은 그래서 맹목적인 규정 준수보다 확률적으로 더 안전한 쪽이어야 한다. 안전을 위한 기장의 최종 판단은 그래서 언제나 규정보다 우선한다.

항공사가 비행안전 위기에 대처하는 법

항공사에 있다 보면 어느 순간 비행안전에 위기가 찾아오는 듯한 느낌이 들 때가 있다. 마치 귀신에 홀린 것처럼 하루가 멀다 하고 조종사들이 터무니없는 실수를 저지르기도 하고, 다행히 사고로 이어지지는 않았지만 GPWS가 작동되는 일이 연이어 보고되기도 한다. 그때마다 항공사는 수억 원에 이르는 과징금을 부과받는다. 그리고 해당 조종사는 정직을 당하거나 심한 경우 회사를 그만두어야 한다. 이런 일은 인간의 실수를 100퍼센트 방지할 수 없는 한 사실 전 세계의 모든 항공사의 피할 수 없는 숙명이다.

항공 안전에 위협이 되는 주요 지표들을 살펴보면, 관제지시 위반, 활주로나 택시웨이 오진입, 활주로 이탈, 지상충돌방지경고장치

작동, 테일스트라이크나 하드랜딩의 유의미한 증가를 들 수 있겠다.

앞에 나열한 사례들은 오늘도 전 세계 모든 항공사에서 일상적으로 일어나는 일들이다. 문제는 그 빈도와 심각성이다. 운 좋게도 이들 대부분은 실제 사고로 이어지지는 않았다. 하지만 항공사나 감독기관 입장에서는 이를 사고 잠재성을 지닌 전조증상으로 파악한다. 그런데 어느 순간 전조증상이 비정상적으로 증가하는 기분 나쁜 흐름이 나타날 때가 있다. 항공사가 긴장하는 시점이다. 무엇이 잘못되었는지, 교육인지, 절차인지 아니면 그 외 알지 못하는 다른 변수인지 찾아내기 위해 밤을 세워가며 고민하고 토의하기도 한다.

이런 비정상적 흐름에 대처하는 방법으로 안전관리체계 개선과 더불어 통상 다음 네 가지 방법이 사용된다.

첫째, 가장 손쉬운 방법으로 조종사의 교육과 평가를 강화하는 것이다. 최근 있었던 마닐라에서의 중국 B737기의 활주로 이탈 사고 후 중국 민항사들이 평가와 훈련을 강화한 사례가 대표적이다. 이보다 20여 년 전 대한항공에서는 연속된 사고로 회사가 위기에 처했을 때 델타항공의 컨설팅을 받아 훈련원부터 쇄신했는데, 이것 역시 비슷한 경우다. 대한항공은 이때부터 시뮬레이터 훈련과 평가를 보잉에 위탁해 공정성을 유지하고 있다. 정에 약한 한국문화에 대한 대처법으로 탁월한 결정이었다고 생각한다.

둘째, 세부적인 절차의 개선이다. 간혹 의도치 않게 특정 절차가 조종사들에게 실수를 유발하는 경우가 있다. 매뉴얼에 기재된 절차나 정책이 혼동을 유발하고 불필요하게 복잡한 경우다. ILS 접근 중

글라이드슬로프의 '인터셉트 프롬 어버브Intercept from Above, 통상 3도 강하각인 글라이드슬로프 전파를 위에서 내려와 바로 올라타는 조작. 보통은 글라이드슬로프의 3도 강하각보다 미리 아래로 내려와 있다가 안전하게 3도 강하각을 잡는다' 절차가 그 한 예다. 항공사 대부분은 이때 VS 모드를 최대 2000FPM까지 사용해 지상고도 1000피트 이전까지 글라이드슬로프를 캡처할 수 있다면 접근과 랜딩을 허용한다. 그러나 이 절차의 맹점은 조종사들이 종종 공항 표고를 망각한 채 1000피트를 맹목적으로 세트해 마지막에 GPWS 경고를 듣고 고어라운드하는 사고가 종종 벌어진다는 것이다. 이 경우에는 절차를 바꾸는 편이 현명하다. 지상고도 1000피트가 아니라 언제나 접근차트에 나와 있는 FAP 고도를 세트하고 이 고도 이전에 글라이드슬로프를 캡처하지 못하면 고어라운드하도록 절차를 바꾸면 조종사의 실수는 나올 수 없다. 실제 이 절차는 싱가포르항공과 에미리트항공에서 사용 중이다.

또다른 예로, 엔진을 정지한 뒤 기장은 고임목이 설치된 걸 정비사에게 구두로 확인하고 파킹브레이크를 풀었다. 그런데 여러 이유로 브레이크를 풀자 항공기가 밀리는 사고가 계속 발생해 항공사는 절차를 바꾸었다. 조종사와 지상 직원 사이의 잘못된 의사소통이 발생하지 않도록 방지하거나 올바르게 버팀목을 설치하도록 추가로 교육하는 게 아닌 근본적인 해결 방법으로 엔진이 정지한 뒤에도 조종사가 파킹브레이크를 풀지 못하도록 명문화한 것이다. 이후 단 한 건의 유사 사고도 보고되지 않았다.

셋째, 조종사에게 보다 덜 위험한 환경을 제공하려는 항공사와 정부기관의 노력이다. GPWS가 빈발하는 난이도 높은 공항의 비정밀접근을 항공사가 개발한 RNP AR Required Navigational Performance, Authorisation Required, 정부기관의 사용 허가가 필요한 접근으로 GPS에 기반한 자체 항법장비를 사용한다 접근으로 바꿔준 사례가 대표적이다. 이는 사실 규모가 큰 대형 항공사에서 주로 사용하는 방법이다. 접근 난이도가 높은 제3세계 국가의 공항이 문제를 스스로 개선할 때까지 기다리기보다 항공사가 먼저 나서서 새로운 접근절차를 만들어 해당 국가로부터 제한적 허가를 받는 경우가 에미리트항공에서는 오래전부터 진행 중이며, 실제로 안전에 상당한 기여를 하고 있다.

넷째, 가장 전통적인 방법인 조종사의 등급 관리다. 공군에서 오랫동안 사용해온 IPQC Individual Pilot Quality Control, 개인별 조종사 자질관리와 동일한 방법으로, 기장의 등급을 나누어 난이도가 높은 공항 또는 악기상이 예상되는 날에는 기량이 우수한 조종사가 비행하도록 조종사를 교체하는 방식이다. 항공사는 존재 자체를 부인하겠지만, 실제로 몇몇 항공사에서 사용하고 있을 것이다. 특수성을 가진 공군이라는 조직에서는 필수적인 안전관리 모델이지만 사실 이 방법을 민항사가 그대로 사용하기에는 무리가 있다. 특히 기록을 공식화할 수 없는 사안이라면 어느 순간 행정 공백이 발생할 때 더 위험할 수 있다.

이것이 많은 항공사에서 시행하고 있는 항공 안전과 관련한 네 가지 대처법이다. 분명 오늘 밤에도 어디선가 이 문제로 잠 못 드는 보직자들이 있을 것이다.

불시착에 대하여

‘불시착’이라고 하면 제일 먼저 떠오르는 생각은 ‘사고’일 것이다. 항공기가 활주로가 아닌 곳에 내려 날개와 랜딩기어가 떨어져 나가는 장면이 바로 연상된다. 그런데 우리말 ‘불시착’에 해당하는 영어에는 사실 두 가지 상황이 포함되어 있다. 첫째는 사고를 의미하는 ‘Forced Landing’ 또는 ‘Crash Landing’이고, 다른 하나는 원래 계획하지 않았던 랜딩, 곧 ‘Unscheduled Landing’이다. 그런데 문제는 이 ‘Unscheduled Landing’이 결코 사고를 의미하는 게 아닌데도 ‘불시착’으로 번역되는 바람에 우리에게는 대단한 사고로 인식된다는 점이다.

워싱턴을 이륙해 인천으로 돌아오던 항공기가 예정에 없던 불가항력적 요인으로 또는 승객의 편의를 위해 중간에 앵커리지공항에 내렸다면 우리는 이것이 비행안전과 승객의 공리를 위한 타당한 결정이었음에도 '불시착'이라고 표현한다. 비행 중 환자가 발생해 LA에 착륙하는 것도 한국에서는 사실 '불시착'이다. 안전을 위해 내린 것인데도 어감이 아주 좋지 않다. 이륙했으면 무조건 목적지까지 도달해서 안전하게 내려야 한다는 생각도 따지고 보면 이 '불시착' 이라는 단어의 부정적 의미 때문에 만들어진 것 같다. 그것이 결코 'Crash Landing'이 아닌데도 그렇게 들린다.

항공사의 연료정책

연료정책Fuel Policy은 항공기의 퍼포먼스와 더불어 가장 난해한 분야다. 비행 중 연료 관리Fuel Management와 관련한 규정을 살펴보자. 먼저 'Commiting to land'하다는 표현에 대해 알아볼 필요가 있다. 생활영어에서는 저녁을 같이하자는 기장의 제안에 부기장이 잠시 망설일 때 기장이 "You don't need to commit yourself!"라고 말하곤 한다. 이때의 'commit'은 '억지로 ~하겠다고 약속함'이라는 뜻이다. 곧 앞 문장은 "억지로 나오겠다고 말할 필요 없어" 정도로 해석하면 된다. 그런데 항공 분야에도 이 'commit'라는 용어가 등장한다. 먼저 고도와 관련해 사용하는 'Commiting'이 있다.

"Commiting altitude; altitude to commit to land."

이 문장에서 'Commiting altitude'는 이 고도 이하에서는 반드시 랜딩하겠다고 약속·맹세하는 정도로 해석할 수 있다.

둘째는 이 글의 주제인 연료와 관련한 'Commiting to land'다.

"Commiting fuel; fuel to commiting to land."

이 문장에서 'Commiting to land'는 이 연료 이하에서는 회항할 연료가 부족하니 무조건 해당 공항에 랜딩해야 한다는 의미다.

목적지 공항에 도착하기 전 항공기에는 현재 위치에서 접근에 소모될 것으로 예상되는 접근연료Expected Approach Fuel, 고어라운드 후 대체공항으로 회항하는 데 소모되는 대체연료Alternate Fuel, 대체공항 상공 1500피트에서 30분 동안 홀딩할 때 소모되는 최종예비연료Final Reserve Fuel가 탑재되어 있어야 한다. 이들의 총합보다 적은 연료가 남아 있는데도 회항하지 않고 목적지로 진행하면 'Commiting'하는 상황이 되는 것이다. 이는 목적지에 반드시 내리겠다고 다짐한 상태다.

ICAO 부속서6의 4장 조항에는 아래와 같이 나와 있다.

The pilot-in-command shall advise ATC of a minimum fuel state by declaring **minimum fuel** when, having **commited to land** at a specific aerodrome, the pilot calculates that any change to the existing clearance to that aerodrome may result in landing with less than planned final reserve fuel.

커미팅한 경우에는 미니멈 퓨얼Minimum Fuel, 최저연료 선포를 해야

한다는 설명이다. 선포 시기는 여전히 상황에 따라 유동적이다. 커미팅했다고 바로 미니멈 퓨얼을 선포해야 하는 것은 아니다. 앞 사례의 커미팅은 모두 회항불능지점No Return Point에 있을 때다. 그만큼 신중을 기해 판단해야 한다. 특히 연료와 관련한 문제는 매우 중대한 결정이므로 여러 세부 조건을 만족해야 커미팅할 수 있도록 제한을 둔다.

아래는 내가 몸담은 항공사의 커미팅정책이다. 항공사의 연료 정책을 익히는 것은 기장 승급의 필수 요건이다. 특히 커미팅 결정에는 많은 요소가 고려되어야 하는데, 이 결정만 제대로 내릴 수 있다면 최소한 연료와 관련해서는 기장이 될 자격이 충분하다. 그럼, 어떤 조건이 만족될 때 커미팅할 수 있는지 살펴보자.

간단히 정리하면 두 개 이상의 공항에 최종예비연료Final Reserve Fuel 이상으로 랜딩이 확실시되는 경우Landing is Assured에는 목적지 공항으로 계속 진행이 가능하다. 목적지가 2시간 이내에 들어오고 이때 두 개의 독립된 활주로가 있는 공항인 경우 이 복수 활주로를 두 개의 공항으로 간주할 수도 있다.

활주로의 개수와 무관하게 사전에 최대지연Maximum Delay 시간을 알 수 있는 경우나 EATExpected Approach Time, 관제소에서 건네준 예상 접근 시각가 주어진 경우 접근을 시작해 랜딩할 때 최종예비연료 이상이 남을 것으로 예상되면 커미팅이 가능하다.

앞의 모든 경우에서 랜딩은 'Assured', 곧 확실한 상태여야 한다. '랜딩이 확실한 상태Landing is Assured'라는 것은 기상이 예보된 바대로 악화된 상태 그리고 더불어 공항의 계기착륙시설 또는 항공기의 계기접근장비에 상식적으로 예상 가능한Plausible 단일장비 고장이 발생한 상태에서도 안전한 랜딩이 가능할 것으로 판단되는 경우다.

이처럼 항공사는 커미팅 조건을 아주 명확하게 명시하고 있다. 커미팅 후에 만약 최종예비연료 이하로 랜딩하는 사고가 발생했다면 제일 먼저 기장이 커미팅을 결정할 당시 커미팅 규정을 정확히 만족했는지부터 조사한다. 만약 규정을 정확히 따랐다면 기장에게 귀책은 없다.

덧붙이자면 미니멈 퓨얼의 정의는 "Any change to existing clearance may cause airplane to land with less than planned Final Reserve Fuel"이다. 랜딩할 때 반드시 가지고 있어야 하는 최종예비연료 이하가 될 것으로 예상되지 않는 상황이지만 관제사의 마음이 바뀌어 추가 지연을 줄 경우 '퓨얼 이머전시Fuel Emergency, 최종예비연료 미만으로 착륙'를 선포할 가능성이 있는 상황이다.

이에 반해 '이머전시 퓨얼Emergency Fuel'의 개념은 "The Fuel remaining after Landing at the nearest airport where safe landing can be made is expected to be less than planned Final Reserve Fuel"이다. 돌아가는 상황을 보니 최종예비연료보다 적은 상태로 랜딩해야 할 것 같을 때 선포하는 것이다. 물론 이런 정책들은 회사마다 다소 다를 수 있다.

'빙고퓨얼'이란 무슨 말일까?

'빙고퓨얼Bingo Fuel'이라는 개념은 미국 공군의 전투기 작전에서 쓰이던 용어다. 임무에 나갔다가 이 연료가 되기 전에 반드시 RTBReturn to Base, 복귀해야 하는 결심연료다. 두 대의 전투기가 공역에서 서로 꼬리를 무는 도그파이트Dog Fight를 한다고 가정해보자. 이때는 통상 장기將機, 리더보다 요기僚機, 리더를 따르는 넘버 투 쪽이 연료를 더 많이 사용하므로 요기가 빙고퓨얼을 선포하면 장기는 즉시 요기를 옆에 붙이고 RTB해야 한다.

민항사에도 이와 유사한 개념이 있다. 서울을 출발해 대만 타이베이 상공에 도착한 B777이 짙은 안개 때문에 랜딩하지 못하고 그보다 남쪽에 있는 예비공항인 가오슝으로 회항하는 상황을 생각해보자. 이른 아침이라 안개가 서서히 걷히고 있어서 기장은 혹시나 하는 마음에 홀딩에 들어간다. 이때 무조건 회항해야 하는 시점, 곧 공군에서 말하는 빙고퓨얼 시점이 비행계획서Flight Plan에 나와 있을 것이다. 이 연료는 국가마다 또는 항공사마다 조금씩 다르지만 공통적으로 '현 위치에서 가오슝까지 가는 데 필요한 연료+가오슝 공항 상공에서 30분을 체공할 때 필요한 연료'로 구성된다.

30분 체공 연료는 모든 민항기가 반드시 랜딩할 때 가지고 있어야 하는 법정연료다. 만약 어느 항공기가 법정연료 미만을 남기고 랜딩했다면 이는 매우 심각한 '사고'로 간주해 조사가 시작된다. 그럼, 왜 30분 미만의 대기연료만 가지고 랜딩하면 사고로 간주할까? 그것은 불가항력적 상황이 아닌 상태에서 기장의 판단이 잘못되었는지 확인하려는 것이다. 타이베이의 안개가 나아질 기미가 보이지 않는 상황에서 근거 없는 확신만 가지고 빙고퓨얼에 도달했는데도 회항하지 않고 홀딩하다가 결국 연료 부족으로 비상을 선포하고 랜딩했다면 이는 기장이 옷을 벗어야 할 수준의 중대 과실에 해당한다.

여기서 중요한 질문을 해보겠다. 그렇다면 기장은 어떤 근거로 빙고퓨얼인데도 회항하지 않고 조금만 더 기다리면 분명 타이베이에 안전하게 내릴 수 있다고 판단하는 걸까? 사실 항공사 대부분은 이 부분을 '기장의 판단'에 맡긴다. 그리고 잘못되면 그 책임을 기장이 지도록 규정하고 있다. 그러나 판단 기준이 명확하지 않다.

내가 몸담은 항공사의 〈FOM〉에는 다행히 이 부분에 대해 자세히 설명하고 있다. 영국인들의 꼼꼼함이 돋보인달까. 빙고퓨얼 이하로 연료가 떨어졌는데도 랜딩할 수 있을 것이라 확신하고 홀딩하거나 또는 목적지 공항으로 계속 진행하는 것을 바로 앞 글에서도 언급했듯 '커미팅Commiting'한다고 표현한다. 회사에서 이런 부분까지 세세하게 정하는 것이 과하다고 생각할 수도 있지만 조종사 입장에서는 단순히 '기장의 감'에 의지해 회항할지 커미팅할지 결정하는 것보다 훨씬 표준화된 기준을 가지고 판단할 수 있다는 장점이 있다.

다음은 내가 일하는 항공사의 커미팅정책이다.

• 한 개의 활주로를 가진 공항의 경우.

EAT를 받았거나 적어도 최대지연을 조종사가 미리 알고 있어야 한다. 이 시간을 기준으로 접근을 시작해 랜딩까지 소모될 연료를 고려하고 이후 랜딩했을 때 연료가 법정최저연료(30분 홀딩에 필요한 연료, B777의 경우 3톤 정도임) 이상이 남을 수 있다면 커미팅할 수 있다. 곧 3톤+접근연료(경우에 따라 다르지만 약 2톤)다.

• 두 개의 활주로를 가진 공항의 경우.

이때는 홀딩하는 동안 어떤 항공기가 랜딩 사고를 내서 하나의 활주로가 폐쇄되더라도 나머지 하나는 사용할 수 있으므로 한 개의 활주로를 가진 공항의 경우처럼 EAT나 최대지연을 꼭 미리 받아두어야 하는 일이 요구되지 않는다. 대신 두 개의 활주로가 서로 겹쳐 있지 않아야 한다. 항공기 사고가 두 활주로가 겹친 부분에서 발생하면 두 활주로 모두 폐쇄되는 일이 발생할 수 있어서다.

다시 타이베이로 돌아가보자. 두 개의 활주로가 서로 겹쳐져 있지 않은 평행활주로다. 이 공항에서 연료가 빙고퓨얼 미만임에도 회

항하지 않고 커미팅할 때는 EAT나 최대지연을 받지 않아도 된다. 기장 판단에 맡겼는데 일이 잘못될 경우에도 안전한 선택지(나머지 하나의 활주로)가 있다는 뜻이다.

그런데 여기서 한 가지 더 고려해야 할 것은 목적지의 기상이나 항공기 또는 공항의 상태다. 앞의 두 경우 모두 랜딩이 가능하다는 확신을 주는 조건이 만족되어야 한다. 앞 글에서도 언급했듯 이를 'Landing is Assured'라고 말한다. 예보된 것처럼 기상이 악화되는 조건에서(일시적인 기상 악화도 포함) 가능성이 있다고 판단되는 항공기의 계기접근장비 또는 가능성이 있다고 판단되는 공항 계기착륙시설의 단일장비 고장이 동시에 일어나는 상태에서도 항공기가 안전하게 접근해 랜딩할 수 있어야 한다.

여기에 추가로 항공사나 조종사가 고려해야 할 사항이 '내가 지금 이곳 상황을 판단하는 게 가능한가?' '제공되는 공항의 기상예보가 믿을 만한가?'다. 만약 중국이나 프랑스처럼 기본 관제를 조종사가 알아듣지 못하는 자국어로 한다면 외국 조종사들이 공항 상황을 파악하는 것이 불가능할 수 있다. 이럴 때는 커미팅을 결심하기에 무리가 있다. 또 일부지만 스페인이나 남미 또는 아프리카 공항의 경우 공항에서 공식적으로 제공하는 기상정보가 신뢰하지 못할 만큼 열악하다. 이런 곳에서도 관제소에서 제공한 기상정보만 믿고 커미팅하기에는 무리가 있다.

이처럼 신뢰하기 힘든 공항에, 그것도 하나의 활주로만 있는 공항에 커미팅을 결심할 때는 기본적으로 EAT와 최대지연을 받았다

하더라도 '홀딩에서 나와 접근 허가를 받은 상태에서만 커미팅을 허가한다'는 회사의 추가 제한이 붙기도 한다.

중국에서 비행하는 한 기장은 중국에서는 '퓨얼 이머전시'를 선포한 이후 만약 랜딩 후 남은 연료가 최종예비연료, 곧 30분 홀딩에 필요한 최저연료 이상인 경우 처벌받는다는 말을 들었다. 중국 이외의 곳에서 이 부분은 문제가 되지 않는다. 오히려 퓨얼 이머전시를 선포하기까지의 과정, 곧 연료를 빙고퓨얼 미만으로 남기며 커미팅하는 기장의 결정이 위에서 언급한 조건들에 부합되었는지가 조사 대상이다. 내가 몸담은 항공사의 연료정책을 기준으로 이야기한 점을 양해해주시기 바란다.

추가로 'Plausible failure', 곧 그럴 가능성이 있다고 보이는 고장이란 최근 항공기 정비 로그북에 기록되어 있는 결함이나 공항의 ILS에 대한 신뢰도에 대한 보고(회사 내에서 자체 평가한 공항정보나 노탐 등)가 판단 근거로 사용될 수 있다.

다양한 역할을 수행하는 랜딩라이트

내가 가장 빈번히 실수하는 부분이 '등Light'과 관련해서다. 이착륙하는 동안 전면을 밝혀주는 등이 있다. 물론 야간에만 사용하는 등은 아니다. 바로 랜딩라이트Landing Light다. 이 등을 밝히면 그만큼 시인성이 좋아진다. 다른 항공기들이 쉽게 알아볼 수 있고, 하늘을 나누어 쓰고 있는 새들도 항공기를 식별할 수 있다.

랜딩라이트는 통상 좌우측 동체와 날개 접합부위 근처에 그리고 노즈 랜딩기어에 장착된다. 만약 노즈 랜딩기어가 내려와 있지 않다면 이곳에 장착된 랜딩라이트는 식별할 수 없다. 랜딩라이트는 이륙 허가를 받아 활주로에 진입하는 순간부터 1만 피트까지 그리고 접근 중에는 1만 피트에서 랜딩 후 활주로를 개방할 때까지만 사

용한다. 그런데 이것 말고도 랜딩라이트를 사용하는 두 가지 경우가
더 있다.

같은 회사의 시내버스가 서로 교차할 때 기사님이 손인사를 건
네는 모습을 본 적이 있을 것이다. 하늘을 나는 비행기들도 가끔 서
로의 존재를 알려주기 위해 랜딩라이트로 인사를 건넨다. 보통 1000
피트 정도의 고도 차이를 두고 서로 정면으로 교차하는 항공기들이
순항고도에서 랜딩라이트를 켜 인사를 한다. 가끔 상대의 반응이 없
을 때도 있는데, 이런 에어맨십Airmenship은 1000피트 높은 고도의 항
공기가 자기보다 낮은 위치의 항공기에게 웨이크 터뷸런스가 있을
수 있다고 경고해주는 의도로 쓰이기도 한다.

랜딩라이트에는 자동으로 밝기를 조절하는 기능이 내장되어 있
다. 조종사가 별도로 밝기를 조절하지는 않는데, 아직 랜딩기어를 내
리지 않은 상황에서 랜딩라이트를 켠다면 날개쪽 라이트는 정상 밝
기로 들어오지만 랜딩기어박스 안의 라이트는 자동으로 약한 밝기
로만 들어온다. 이때는 랜딩을 위해 활주로를 비출 목적이 아니기
때문이다.

또 외기 온도가 영하 40도에 이르는 상황에서 차갑게 식은 랜딩
라이트를 갑자기 작동시키면 순간 수백 도의 열이 발생해 유리에 금
이 갈 수도 있다. 이를 방지하기 위해 보잉의 항공기들은 랜딩라이
트는 꺼두었다 할지라도 전원을 완전히 차단하지 않고 빛을 아주 조
금 남겨 열을 유지시킨다. 그래서 야간에 B777의 랜딩라이트를 주
의 깊게 살펴보면 필라멘트가 약하게 들어와 있는 현상을 볼 수 있

다. 앞으로 LED 등으로 교체된다면 이런 기능은 더이상 필요하지 않을 것이다.

둘째는 비행 중 기상레이더Weather Radar에 식별되지 않는 약한 빙결 상태의 구름에 진입할 경우다. 곧 이를 식별하기 위해 잠시 랜딩라이트를 작동시켜 밖을 비춘다. 약한 구름이 있다면 불빛이 반사될 테니까.

그런데 저시정 상태인 CAT3 오토랜딩에서나 야간에 폭설이 내리는 상황에서는 랜딩라이트를 끄고 내리는 것을 추천한다. 폭설이 내리는 야간에는 눈 속을 뚫고 진입하는 항공기의 상대속도 때문에 마치 하얀 고드름 같은 창이 항공기에 무수히 내려꽂히는 듯한 시각 효과를 준다. 랜딩 직전 조종사에게 심리적 압박이 될 수 있다. 이런 요인 때문에 폭설이 내리는 야간에 랜딩하는 일은 무척 어렵다. 이 때는 가능하다면 오토랜딩을 선택하는 편이 안전하다.

항공기 등의 계륵, 스트로브라이트

스트로브라이트Strobe Light는 이륙을 위해 활주로에 들어설 때 켜고 랜딩 후 활주로를 벗어날 때 랜딩라이트와 함께 꺼야 하는 등이다. 에어버스는 두 번 '타닥' 점멸하고, 보잉은 한 번 '탁' 점멸한다. 따라서 멀리서도 반짝이는 횟수로 항공기 제조사가 어디인지 짐작할 수 있다.

이 등은 경우에 따라 켜지 말아야 한다는 단서가 붙은 유일한 등이다. 야간에 짙은 구름에 진입해본 경험이 있는 조종사라면 왜 이 등이 위험한지 알 것이다. 캄캄한 밤에 하얀 구름 이불을 뒤집어 쓴 상태에서 갑자기 번쩍이는 스트로브라이트를 켠다고 해보자. 고고도에서 구름 속 물방울은 얼음 결정이 되어 빛을 난반사한다. 문제는 구름을 뚫고 나온 이후인데, 조종사는 일시적으로 암순응이 깨져 창밖 시각 참조물을 알아볼 수 없는 블라인드 상태에 빠진다. 따라서 안개가 짙게 낀 날이나 오토랜딩을 해야 하는 저시정 상태에서 랜딩할 때 경험 있는 조종사들은 이 등을 끄고 접근한다.

아마도 버티고에 따른 사고 대다수가 구름에 들어간 이후 이 스트로브라이트에 상당 시간 노출된 경우일 것이다. 비컨 등보다 이 등이 더 심각한 증상을 일으키는 이유는 항공기에 장착된 그 어떤 등보다 조도가 높아서다. 야간 비행에서 다른 항공기를 식별할 때 가장 먼저 눈에 들어오는 등이 스트로브라이트인 것만 봐도 알 수 있다.

다행스럽게도 스트로브라이트의 강한 반사광이나 근접한 곳에서 번쩍이는 번개의 불빛으로부터 눈을 보호하기 위한 장치가 칵핏에 장착되어 있다. 외부를 가리는 선쉐이드 같은 게 아닌 스톰라이트Storm Light라 불리는 장치다. 이 스톰라이트를 작동시키면 조종실 내부의 모든 등이 일시에 최대 밝기로 켜진다. 이름에서 알 수 있듯 스톰라이트는 곧 폭풍이 치는 밤 조종사의 시각을 보호하기 위한 등이다. 폭풍이 치는 밤 구름을 피하겠다고 내부 등을 낮추는 우를 범하지 않길 바란다. 기장 중에 폭풍 속에서 칵핏 등을 모두 줄인 채 밖을 바라보다가 번개에 맞아 랜딩할 때까지 시력을 회복하지 못했던 사례도 있었다. 결국 부기장이 랜딩을 맡았다고 한다.

스트로브라이트는 항공기 등의 '계륵'이다.

로고라이트는 민항기의 화장품이 아니다

일부 조종사나 항공 마니아는 로고라이트Logo Light를 민항기들의 '화장품' 또는 '데코레이션' 정도로 생각한다. 수직꼬리날개에 그려진 항공사 로고가 밤에도 잘 보이도록 양쪽 아래에서 위로 빛을 쏘다 보니 그렇게 생각할 수도 있다. 랜딩라이트나 스트로브라이트와 달리 이 등은 작동하지 않을 경우 교체해야 하는 MEL상 주기가 D급이다. 다른 등은 대개 C급(10일 안에 교체)인데, D급은 120일 안에만 교체하면 되는 아주 사소한 결함인 것이다. 그런데 정말 사소한 결함일까? 한번 상상해보자. 야간에 비까지 내린다. 공항은 아주 복잡한 대형 공항이다. 로고라이트가 꺼진 항공기들이 택시웨이와 활주로에 가득하다. 어떤 일이 벌어질지 상상이 가는가?

우선 관제사의 상황 판단에 문제가 생길 수 있다. 어느 항공기가 아메리칸이고 어느 항공기가 콴타스인지 구분이 되지 않는다면 관제사는 인터섹션에서 대기하고 있는 항공기에게 "드림에어〇〇〇, 오른쪽 콴타스 B747 뒤를 따라 활주로 25R 대기 지점까지 가세요"와 같은 지시를 내리지 못할 것이다.

또 로고라이트는 자신이 어떤 항공기인지 감추지 않고 드러낸다는 의미를 가지고 있다. 전 세계에서 유일하게 고고도에서도 로고라이트를 켜도록 하는 곳이 있다. 바로 중동의 분쟁지역 상공이다. 이곳을 비행할 때는 언제나 로고라이트를 켜고 비행하는 것을 추천한다. 혹시라도 있을 전투기의 요격을 우려한 규정이다. 방공관제 레이더 오류로 식별되지 않는 항적에 대한 요격에 들어가는 전투기가 로고라이트를 보고 야간에도 민항기라는 걸 식별할 수 있게 하려는 것이다. 이런 면에서는 로고라이트가 그 어떤 등보다 중요하다. 대한민국 항공사에도 두 번이나 소련 전투기에게 민항기가 격추된 적이 있지 않은가. 두 번 모두 미국 정찰기로 오인한 결과였다.

로고라이트를 작동시키는 시기는 야간에 한정된다. 야간에는 이륙 후 1만 피트까지 로고라이트를 켜고, 다시 강하를 시작해 1만 피트가 되면 순항 중에 꺼두었던 로고라이트를 랜딩라이트와 함께 켜야 한다. 주간에는 사용하지 않는다.

에어버스는 센서가 작동을 보조한다. 로고라이트가 'ON' 상태여도 바로 작동하지 않는데, 지상에서는 랜딩기어가 자중으로 압축된 상태에서 그리고 공중에서는 플랩이 15도 이상 펼쳐진 상태에서 작동한다.

로고라이트는 사실 정비 측면에서는 골치 아픈 등이기도 하다. 항공기 꼬리날개에 달려 있어 접근이 어렵기도 하고, 일부 항공기는 비행 중 발생하는 진동으로 다른 등보다 수명이 짧아 자주 교체해야 하기 때문이다.

로고라이트. '화장을 위한 것'이라기보다 비행안전을 위해 꼭 필요한 등이다.

6장

에피소드

왜 내 짐이 오지 않은 거죠?

이륙중량과 관련해서 보통 7시간 내외의 짧은 구간에서는 별다른 문제가 생기지 않지만 길게는 15시간씩 되는 초장거리 비행에서는 기장의 딜레마가 발생한다. 목적지 기상이 한계기상상태Marginal Weather Condition인 경우를 감안해 기장은 예비연료를 2~3톤 정도 더 싣고 싶어 한다(대략 1톤의 추가 연료는 10분을 홀딩할 양이다). 그런데 대부분 이런 초장거리 비행의 비행계획서를 받아보면 최대이륙중량에 딱 맞춰져 있다. 운항관리사가 인원과 화물을 최대로 싣기 위해 최저연료만 채우도록 계획을 짜놓은 것이다. 이대로 출발했다가 만약 비행 중 예상치 못한 연료 소모가 발생하면, 심할 경우 목적지 상공에 도착해 일단 접근을 시작하면 반드시 내려야 하는 일이 발생한

다. 1차 접근 후 만약 고어라운드라도 하게 되면 그 시점에서 출발전 계획한 예비공항으로 회항할 연료 이하가 되기 때문이다. 앞서다뤘듯 이런 상황을 '커미팅'한다고, 곧 '꼭 내릴 결심'을 한다고 표현한다. 그런데 날씨가 아슬아슬할 때는 조종사가 커미팅을 결심한다고 해서 반드시 내릴 수 있는 게 아니니 커미팅에는 매우 신중한고려가 필요하다.

그래서 기장은 첫 접근에서 내리지 못하고 복행하는 상황에 대비하려고 B777 기준으로 대략 2~3톤의 추가 연료를 더 탑재하려는것이다. 기장들은 이를 두고 '내 주머니 속 보험'이라고 표현한다. 그런데 문제는 최대이륙중량으로 모든 계획이 돌아가고 있는 상황에서 비행계획서를 받아본 기장이 "난 이 연료로 못 갑니다! 추가로 2톤 더 급유해주세요!"라고 고집을 부려 2톤의 연료를 더 싣는 경우다. 그렇게 되면 다른 부분에서 2톤의 무게를 덜어내야 한다. 이때승객을 하기시키는 경우는 거의 없다. 승객들이 목적지에 도착하기전까지 알려주지 않지만, 승객과 같이 날아갔어야 할 수화물 수십개가, 많게는 100개 가까이가 카고 베이에서 급하게 하기된다. 목적지에 도착해 수화물이 나오기를 기다리다가 나중에서야 자기 수화물이 실리지 않은 걸 알게 되는 것이다. 조종사와 출발지 지상 직원이 벌인 일 때문에 욕은 목적지 지상 직원이 먹어야 하니 서로 앙금이 생길 만하다.

이 부분이 지점장과 기장이 늘 신경전을 벌이는 부분이다. 안전을 위해 보수적으로 '보험'을 들고 싶어 하는 기장과 되도록 많은 승객과 짐을 싣고 싶어 하는 지점 직원들의 수 싸움이 전 세계 공항에서 매일 벌어지고 있다. 추가로 15시간 비행 끝에 목적지 상공에 도착하면 기장이 추가로 실은 연료의 절반은 무거워진 중량 때문에 비행 과정에서 더 소모되어 결국 그 절반만 남는다. 이러니 "아니, 써보지도 못하고 태울 연료를 왜 가져가?"라는 이야기가 나온다.

한번은 두바이로 돌아오는 비행에서 크루들 수트케이스가 모두 하기된 적이 있었다. 지금 생각해보니 실수가 아니라 어쩌면 보복 같다는 느낌이 살짝 든다.

관제사들에게 미움받는 조종사 유형

- 마치 자기가 돌아가는 상황을 더 잘 알고 있다는 듯 관제 순서에 훈수를 두는 조종사.

- 관제 주파수에 직설적으로 화를 내거나 장황하게 토의하려 드는 조종사.

- VHF 라디오로 불러내면 자신은 데이터링크Datalink로 연결된 항공기라고 항의하는 조종사(급할 때 목소리가 빨라진다).

- 비상이 아닌데도 관제 우선권을 요구하는 조종사.

- 다이렉트 루트Direct Route를 요구하거나 "Ready for Base"를 말하는 조종사(상황이 되면 알아서 해줌).

- 속도제한을 준 뒤 이어서 고도제한을 주면 언에이블Unable, 불

가능이라고 말하고는 숏컷Short Cut 넣어주면 고도와 속도 처리 모두 가능하다고 반기는 조종사.

- 비행계획서와 전혀 다른 요구를 하는 조종사.
- 이륙할 준비가 되었다고 해놓고는 막상 허가를 주면 꾸물거리는 조종사.
- 슬롯타임Slot Time, 출발시간 배정을 받고 아무 말 없다가 직전에 서야 못 나간다고 말하는 조종사.
- 주파수를 바꾸고 나서 살피지 않고 바로 키를 눌러 송신하는 바람에 다른 이의 송신을 방해하는Double Transmission 조종사.
- 'Unrestricted Clearance'를 받고 나서 다시 "속도 제한이 있습니까?"라고 묻는 조종사.
- 너무 빠르거나 너무 장황하게 혹은 불명확하게 말하는 조종사(키를 누르기 전에 생각을 정리하지 않고 말하는 조종사).
- 말끝마다 컨펌Confirm을 붙이는 조종사.
- 리드백인지 질문인지 애매하게 말끝을 올리는 조종사.
- 속도와 고도를 동시에 받을 때 플라이트레벨Flight Level, 스피드 Speed라는 말을 다 빼고 숫자만 말하는 조종사.

관제사님들 화나게 하지 말자. 우리는 동지다, 동지!

기장이 진실을 밝히지 않아야 할 때

요 며칠 읽고 있는 책《아직도 가야 할 길The Road Less Travelled》에서 흥미로운 구절을 발견했다. 진실을 감춰야 할 이유를 심리학자 입장에서 설명한 부분인데, 그중 다섯째 이유가 "상대방이 제공받은 정보를 제대로 사용할 능력이 안 될 때"였다. 이 구절에서 잠시 호흡을 가다듬었다.

"흐음."

그러고는 책상 위 멀지 않은 곳에 놓인 파란색 볼펜을 집어들고 그 문장 밑에 굵게 밑줄을 그었다. 이어서 책 제일 위쪽 빈 공간까지 45도 방향으로 파란 포물선을 그리고는 이렇게 적었다.

"기장이 잠시 진실을 밝히지 않는 편이 좋은 이유."

비상이 걸린 항공기에서 기장은 승객에게 얼마나 정직해야 할까? 항공사의 가장 중요한 비행규정을 담은 〈FOM〉 또는 〈OMA〉에는 기장이 PA에서 사용하지 말아야 할 단어가 나와 있다. 바로 Final(마지막), Going down(추락), Severe(극심한), Serious(심각한)다. 이유는 승객을 불필요하게 긴장시킬 수 있기 때문이다.

얼마 전 한 친구가 과거에 겪은 비행 트라우마에 대해 이야기해 준 게 떠올랐다.

"그날 이륙한 뒤에 기장이 지금 항공기 화물칸에 화재가 발생해서 즉시 비상착륙해야 한다고 다급한 목소리로 방송을 했어요. 그러고는 무슨 이유에서인지 첫 번째 접근에서는 실패하고 두 번째 접근에서 착륙했습니다. 그 사건 이후 한동안 트라우마로 비행기를 타지 못했어요. 기장님은 왜 그렇게 떨리는 목소리로 비행기에 화재가 발생했다고 방송했을까요? 착륙하기 전 유서까지 써두었다니까요. 나중에 밝혀진 바로는 화물칸에 화재는 없었답니다."

비행 중 발생하는 화물칸 화재 경보는 경험적으로 대부분 센서 오류 때문이다. 물론 그럼에도 기장은 예외 없이 이를 실제 화재로 간주하고 즉시 최인근 공항에 최단 시간에 착륙해야 한다.

과연 무엇이 최선이었을까?

조종사의 수다

언젠가 대학 과제를 준비하는 한 학생으로부터 재미있는 질문을 받았다.

"기장님, 민항기 조종사로서 가장 위험하다고 생각하는 것은 무엇인가요?"

처음 받아보는 질문이어서 생각할 시간이 필요했지만 잠시 후 이렇게 답했다.

"정신이 온전하지 않은 조종사인 것 같군요."

그 이후 시간이 많이 지났지만 지금 똑같은 질문을 다시 받는다 하더라도 별반 다르게 답할 것 같지 않다. 프로 조종사라면, 특히 충분히 경력을 쌓아 기장이 된 조종사라면 그 자리에 오르기까지 무수한 검증의 과정을 거친다. 자기 관리가 뒷받침되지 않으면 이룰 수 없는 단계인 것이다. 그러나 그 과정에서 정신건강에 문제가 생기기도 한다. 사실 민항기 조종사에게 가장 위험한 부분 하나가 바로 이 문제일 것이다.

민항사에서도 이런 점을 인식해 다양한 종류의 심리검사를 주기적으로 실시한다. 최근 끝난 정기 시뮬레이터 훈련에서는 동료 조종사가 정신적으로 온전하지 못한 상태에서 벌이는 이상 조작에 어떻게 대응해야 하는지 교육받았다. 단순히 "I have Control"이라고 외치고 휠을 빼앗으면 되는 것 아니냐고 생각할 수 있지만 상황을 겪어보니 그렇게 단순하지 않았다.

실제로 비상상황이 발생한 항공기에서 어느 한 조종사가 패닉에 빠져 동료 조종사에게 아무런 도움이 되지 못하는 일이 종종 보고된다. 대서양에 추락한 에어프랑스 A330기도 패닉에 빠진 부기장이 무의식적으로 마지막까지 스틱을 당겨 스톨 회복을 방해한 것이 원인이었다.

항공기를 조종하는 데 있어 가장 위험한 상황은 집중력이 필요한 비행 단계(비상상황이나 이륙 혹은 최종 접근 단계)에서 다른 조종사가 알아차리지 못하는 오조작을 하는 경우다. 랜딩을 위해 접근하는 단계에서 플랩을 내려달라거나 이륙 직후 기어를 올려달라는 요구에 반대로 행동하는 사례가 대표적이다. "설마 그런 일이 얼마나 있겠어?"라고 반문할 수 있는데, 항공 역사를 보면 이런 오조작으로 일어난 비행 사고가 그 수를 셀 수 없이 많다.

그럼, 어떻게 대응해야 할까? 결국 동료 조종사의 상태를 미리 파악해두는 것이 사고를 막을 가장 중요한 대응책이다. 조종사 상태가 갑자기 나빠지는 경우는 드물다. 브리핑실에서 비행계획서를 점검하며 나누는 이런저런 소소한 이야기, 때로는 실없는 농담으로 서로의 상태를 살피는 과정이 그래서 중요하다.

늘 이야기하지만 '말수가 적은 조종사'는 CRM이 어려운 조종사라고 볼 수 있다. 비행안전을 위해서라도 조종사는 끊임없이 수다를 떨 줄 알아야 한다. 동료에게 내 상태가 어떤지 지속적으로 알리는 도구로 '수다'만 한 게 없다. 모두의 안전을 위해 자신을 조금 내려놓아야 한다.

인간 기장의 넋두리

이제 곧 바다에서는 무인 컨테이너선이, 하늘에서는 무인 화물기가 다니는 시대를 맞이하게 된다. 승객이 타지 않은 화물기와 화물선에 무인 기술을 먼저 적용함으로써 인류는 인명 손실의 위험 없이 기술 발전을 이루고자 한다. 승객이 타고 있지 않으니 항공기가 추락한다 해도 사고조사를 통해 얻을 기술 발전이 있기에 그 정도 손실은 충분히 감내할 수준으로 여기는 것이다. 장차 여객기를 조종하는 모든 조종사를 몰아냈을 때 얻을 금전적 이익에 비하면 아주 작은 손실인 것이다. 민항기 기장인 내가 예상하는 무인 민항기의 가장 큰 기술적 난제는 다음 몇 가지다.

우리에게 익숙한 민항기들, B737, B777, A330 같은 기종은 기술 수준에서 무인 비행기 플랫폼으로 쓰기에는 한계가 있다. '원격 조종' 문제는 이미 프레데터 같은 무인기 기술이 완성되어 더이상 문제가 되지 않는다. 대신 컨밴셔널한 디자인의 B777 같은 비행기는 누군가 플랩과 랜딩기어를 내려주어야 하는데 사람이 없다면 이를 자동으로 처리할 추가 장치를 장착해야 한다.

물론 이 문제는 해결이 어렵지 않다. 전혀 새로운 무인비행기 디자인이 나오면 자연스럽게 해결되겠지만 과도기적으로 기존 항공기에 로봇 팔을 장착해 지상 컨트롤러의 지시에 따라 수동식 기어와 플랩레버를 집게발로 조작하면 되니까. 마치 세미 오토매틱 같은 형식이다.

그렇지만 이보다 더 큰 문제는 기계 장치를 조작하는 수준이 아닌 고차원적 컴퓨터 프로그래밍에 있다. 기장을 대신한 슈퍼컴퓨터의 연산에 관한 문제, 곧 '비행 중 시스템 고장이 발생하면 이를 어떻게 해결할 것인가'다. 그중에서도 가장 난해한 문제가 속도·고도계와 연결된 동정압 계통(피토관+정압공+받음각)의 센서 이상이다. B737 MAX의 AOA Angle of Attack, 받음각 센서 고장이 대표적이다. '예상치 못한 고장이 발생했을 때 항공기를 어떻게 회복시킬 것인가'라는 문제에 관해서는 검증된 기술적 대안이 존재하지 않는다. 통상 3~4개의 각기 독립된 센서들이 정상 상태에서는 모두 동일한 자료를 감지하다가 어느 순간 각기 다른 신호를 감지해 서로 일치하지 않을 때 어떤 로직으로 항공기를 회복시킬 것이냐의 문제인데, 이에 관한 해결책이 아직은 없는 것이다.

지금은 민항기에 센서 불일치 문제가 발생하면 똑똑한 컴퓨터는 조종사에게 단계적인 경고 메시지를 전달한다.

"조종사야! 심각해 보이는 문제가 발생했어! 센서들이 지금 일치하지 않은 정보를 주고 있어. 조금 헷갈리네!"

여기서 조금 더 고장이 진행되면 이렇게 말한다.

"조종사야! 이건 내 능력 밖의 오류야. 아, 나 모르겠어. 인간, 네가 해! 나는 포기야."

그러면서 오토파일럿을 스스로 끊어버린다.

조종사는 컴퓨터가 포기한 항공기를 이어받아 훈련받은 대로 체크리스트를 따라가며 하나씩 문제를 해결한다. 지금도 한두 달에 한 건 정도 전 세계 어디선가 벌어지고 있는 '비행 속도를 믿을 수 없는 상태Unreliable Airspeed'라는 결함이다. 결코 과장이 아니다. 항공기 사고를 다루는 웹사이트인 'www.Avherald.com'을 꾸준히 살펴본 조종사라면 이 결함이 드문 사례가 아니라는 것을 알 것이다.

지금 무인 화물기에서 엔지니어들이 장착하려고 노력 중인 인간을 대체할 백업 로봇은 인간만큼 정교한 판단력을 가지고 모든 요소를 복합적으로 고려해 올바른 결정을 내려야 하는 중차대한 임무를 부여받게 된다. 그런데 과연 가능할까?

이세돌을 이긴 '알파고' 정도의 인공지능 컴퓨터가 이미 등장했으니 언젠가는 가능할 것 같기는 하다. 하지만 자리를 빼앗길 위기에 처한 인간 기장의 입장에서 보면 일이 그렇게 '인간적'으로 돌아갈 것 같지만은 않다. 100여 년이 넘는 항공 역사에서 인간은 언제나 욕심으로 가득 차 있는 존재였다. 이미 기술적으로 가능한 많은 안전장치가 개발되었음에도 '비용 대비 효과'라는 핑계를 대며 채택하지 않는 경우가 너무나 많다. 곧 비용을 생각하지 않는다면 지금이라도 훨씬 안전한 비행기를 만들 수 있다는 얘기다. 이를테면 두 개의 엔진이 동시에 꺼지더라도 항공기를 안전하게 착륙시킬 제한적 기술을 인간은 이미 가지고 있다. 그런데 이런 기술을 가진 항공기를 개발하려면 아마 비행기 한 대 가격은 수조 원쯤 할 것이고, 미국을 오가는 항공권 가격은 1억 원쯤 할지도 모른다. 그래서 항공사들은 적당히 인류가 용인할 정도의 안전성을 갖춘 항공기, 대중이 크게 무리하지 않고 티켓을 구입할 수 있을 정도의 비용으로 운용이 가능한 항공기를 시장에 공급하는 것이다. 그러다 이륙 과정에서 양쪽 엔진에 새가 들어가 엔진이 고장 나면? 운이 나쁘면 추락해 모두 사망하는 것이고, 운이 좋아 설리 같은 훌륭한 기장을 만나면 바다나 강에 착륙해 모두 생존하는 것이다.

그럼, 결론을 내보자. 앞으로 우리가 보게 될 무인 민항기는 어떤 모습일까? 아마도 지금 인간이 몰고 있는 유인 민항기의 안전성에 근접한 민항기가 개발된다면 바로 하늘을 날아다닐 것이다. 항공사로서는 조종사 보수가 들어가지 않으니 막대한 이익이 남는 장사일 테고, 무인과 유인의 사고율에 차이가 없으니 승객들에게 불평할 일이 아니라고 설득할 것이다. 티켓 가격을 조금 깎아줄지도 모른다. 딱 이 정도의 기술과 안전성을 가지고 무인 민항기가 우리 앞에 나타날 것이다.

"승객 여러분, 걱정하지 마세요. 우리는 여전히 캡틴 제이가 몰던 B777만큼 안전하다고 자신합니다. 그러나 완벽하지는 않습니다. 그렇게 만들려면 티켓 가격이 너무 비싸지니까요."

지금 우리는 적당히 똑똑해서 캡틴 제이가 몰던 민항기와 근접한 수준의 안전성을 갖춘 컴퓨터 시스템과 인터페이스된 로봇이 개발되기를 기다리고 있다. 완벽한 무인기가 나와 100퍼센트 안전한 비행이 가능하리라 기대하는 게 아니다. 오해하지 마시라. 인간 기장이 로봇에게 직장을 잃을까 봐 과장해서 하는 말이 아니다.

그런데 로봇이 잘못된 판단을 내려 비행기가 추락해 승객이 사망하면 책임은 누가 져야 할까? 시스템 개발자? 아니면 항공사? 그것도 아니면 보험사? 이를 허락한 정부?

로봇이 조종하는 민항기에서 항공 사고가 발생하면 윤리적·도의적 책임과 민형사상 고의 또는 방임이라는 명목으로 누군가를 처벌하기가 더욱 힘들어지지 않을까 싶다. 결국 보험으로 모든 게 해결될 것이다.

회계연도 2050년, 전손 사고 두 대. 손실률 0.0000001퍼센트. 예상 수치임. 삑삑…. 참 비인간적이지 않은가?

기장의 권한

지난밤 비행에서 스무 살쯤 되어 보이는 청년들이 캐빈 크루의 지시에 불응한다는 사무장의 보고를 받았다.

"마스크를 자꾸 내려요. 주위 사람들은 모두 잘 쓰고 있는데."

"그래서 어떻게 하셨어요?"

"크루의 1차 경고 후에도 계속 그런다기에 제가 직접 가서 다시 주의를 주었더니 대뜸 음료 한 잔을 달래요. 음료 마실 때는 안 써도 되는 거 아니냐고 비아냥거리면서요."

속에서 '욱' 하는 기운이 올라오면서 감정이 이입되었다.

"그래서요?"

부들부들….

"한 번만 더 마스크를 내리면 기장에게 보고하겠다고 했어요. 그랬더니 바로 고분고분해지더라고요."

"다행이네요."

아직까진 개념 없는 승객들도 기장이라면 무서워한다. 비행 중 지시에 따르지 않는 승객을 결박할 수 있는 최종 권한이 기장에게 있기 때문이다.

한국 항공사와 외항사 기장이 가지는 권위에도 약간의 차이가 있다. 먼저 유명한 정치인이나 연예인이 탑승한 경우 이곳에서는 다르게 대하지 않는다. 이를테면 PA에서 "누구를 모시게 되어 영광입니다" 같은 소리를 절대 하지 않는다. 설사 항공사 회장이 탑승한다 해도 마찬가지다. 한번은 아프리카 어느 나라의 대통령을 태운 적이 있는데 경호원들이 가진 총기를 회수하는 일 외에는 특별히 보고받거나 추가로 한 일이 없었다.

문제를 일으키는 승객을 처리할 때도 차이가 있다. 문제 승객을 결박하거나 강제로 하기시키는 경우 이곳에서는 회사에 따로 통보해 의견을 듣지 않아도 된다. 전적으로 기장의 판단에 맡기는 것이다. 출발하기 전에 승무원과 갈등을 일으키고 소란을 피우면 아무리 퍼스트클래스 승객이라도 가차 없이 하기시킬 수 있다. 그래서 외항사에서는 기장이 제일 무서운 존재다.

아직도 배우는 것들

B777을 15년 이상 탔는데도 새롭게 알게 되는 것들이 있다.

"야, 이건 정말 언젠가는 일어날 수도 있겠다!"

통상 동남아시아의 방콕이나 자카르타, 사이공 같은 곳에서는 ILS 접근 중 멀리서 활주로를 발견하면 오토파일럿을 풀고 매뉴얼로 비행하는데, 예상치 못하게 1000피트 이하에서 갑자기 폭우 속으로 들어가는 경우가 생긴다. 이때 일부 조종사들이 고어라운드를 하기 전에 오토파일럿을 다시 연결하려고 시도한다. 그러면 주의경고 Master Caution와 함께 "No Auto Land"라는 문구가 PFD 계기에 시현된다. 오토파일럿을 다시 연결했는데 갑자기 이런 상황을 맞으면 조종사들은 당황할 수밖에 없을 것이다.

그런데 이건 오토파일럿에 문제가 있는 게 아니라 오토랜딩이었다면 1500피트 언저리에서 수행했을 셀프 테스트를 매뉴얼로 비행한 관계로 수행하지 않아서 오토랜딩을 하지 말라고 경고를 주는 것이다. 만약 1000피트 이하에서 오토파일럿을 다시 걸어야 하는 일이 생긴다면 "No Auto Land" 경고를 미리 예상하고 준비하자.

잠깐의 쉼표를

인천공항으로 가는 비행이 잡혔다. 도착을 앞두고 있을 때 서울 어프로치로부터 "Descend Flight Level 170 at 10mile before REBIT"이라는 지시를 받았다. 각각 남아공과 중동 출신인 기장과 부기장이 동시에 뒤에 있던 나를 돌아보았다. 강하 고도 170까지만 리드백을 하고는 마이크 키를 잡은 상태로 어물거린다. 이들이 모두 클리어런스에서 "10mile before REBIT"을 알아듣지 못한 것이다. 거기에는 이유가 있다. 단순히 말이 빨라서라기보다는 두 개의 클리어런스 사이에 쉼표가 없었기 때문이다.

"Descend Flight Level 170"와 "at 10mile before REBIT" 사이에 아주 살짝만 쉬어주면 좋겠다. 익숙하지 않은 영어 악센트에서 이런 쉼표는 외국 조종사들에게 중요하다. 또는 "To be level by 10mile before REBIT"이라고 해주어도 외국인 조종사 입장에서는 훨씬 이해하기 쉬울 것이다.

비원어민, 원어민을 떠나 어디에서나 바쁘다 보니 종종 벌어지는 일이다.

매뉴얼을 더 좋아하던 조종사

영국인 교관이 자리에서 벌떡 일어나 얼굴이 벌게질 정도로 화를 냈다. 그는 방금 시뮬레이터를 정지시켰다.

"도대체 몇 번을 말해야 해? 거기서 강하를 시작할 때 버튼을 누르면 모드가 깨진다고! VNAV 접근모드가 아직도 이해가 안 돼? 당신 이전에 뭐 타다 왔어?"

최소 3000시간 이상, 평균 5000시간 이상의 경력자들만 뽑는 중동 항공사의 B777 전환교육에서 인도네시아 출신 조종사 루스리는 며칠째 비정밀접근인 VNAV 접근을 이해하지 못해 번번이 MCP를 세팅하며 실수를 연발했다. 교관의 인내심은 바닥을 드러냈다.

"BAE-146 기장으로 5000시간 탔습니다."

풀 죽은 얼굴로 이 말을 내뱉으면서 그의 얼굴은 고통스러운 자책으로 일그러졌다.

이 말을 들은 교관 마이크는 눈에 잔뜩 들어갔던 힘이 풀렸다. 지금 교관은 당장이라도 훈련을 중지시키고 그를 훈련부 자격심의에 회부할 수도 있다. 그러나 교관은 한동안 말이 없었다. BAE-146은 CRJ보다 작지만 4발 제트엔진에 구형 아날로그 계기판이 달린 항공기로, 이제는 아프리카 등 낙후된 지역에서 화물기로만 운영되는 기체다. 그에 반해 B777은 조종사 앞에 설치된 커다란 모니터 6개에 모든 계기가 통합되어 있는 글래스칵핏Glass Cockpit 항공기다. 둘은 전혀 다른 세대의 항공기이고 계기판 구성에 공통점이라고는 자세계와 일부 엔진계기 정도로 10퍼센트도 안 될 것이다. 조금 전까지 씩씩거리며 어쩔 줄 몰라 하던 교관이 다시 자리에 앉았다.

"좋아. 그럼, 이렇게 하자. 당신이 훌륭한 BAE-146 조종사였다는 걸 지금 내게 증명해! 그러면 내가 책임지고 VNAV 접근을 마스터할 수 있게 해줄 테니까."

그러면서 그가 손짓했다.

"오토쓰로틀 암Auto Throttle Arm 스위치 오프, FD 스위치 오프, 오토파일럿 오프, ND를 VOR 모드로 바꿔! 지금부터 완전 매뉴얼로 자네가 그 아날로그 BAE-146을 탈 때 하던 대로 비정밀접근을 해보는 거야. 완전 매뉴얼 상태에서 자네가 훌륭하게 접근해내면 그땐 내가 사과할게. 자, 시작!"

그로부터 약 5분 뒤 루스리는 B777을 아주 부드럽게 활주로에

접지시켰다.

"활주로상에 정지합시다. 파킹브레이크는 걸지 말고요."

"파킹브레이크 셋!"

이 스탠더드 콜을 마친 뒤 루스리가 뒤를 돌아보았다.

"루스리, 아주 훌륭했어! 당신은 의심할 여지 없는 훌륭한 조종사야. 그럼, 약속대로 다시 VNAV 접근 훈련을 시작하자. 먼저 오토 쓰로틀하고 플라이트 디렉터 스위치 켜주겠어?"

매뉴얼 기어로 된 택시를 10년 이상 몰았던 기사가 회사에서 새로 구입한 오토매틱 차량을 제대로 이해하지 못해 헤매는 일이 가능할까? 자동차라면 이해하기 어렵겠지만 비행기라면 충분히 있을 수 있는 일이다.

조종사의 청력손실

오른쪽 귀 뒤에 손을 모아 대고 고개까지 쭉 빼고는 말한다.

"뭐라고? 안 들려! 좀 큰 소리로 말해!"

흡사 보청기가 필요한 노인의 모습이다. 내가 요즘 이런다. 물론 아주 '시끄러운 칵핏'에서 말이다.

Don't be fooled by thinking that you are getting used to it!

(당신이 지금 소음에 적응되어간다고 착각하지 마라!)

공군에서 나눠주던 말랑말랑한 이어플러그 포장지에 쓰인 영문 문구를 놀랍게도 지금까지 기억한다. 이런 걸 보면 내 머리가 그리

나쁜 것 같지 않다. 그럼, 칵핏은 얼마나 시끄러울까? 조사에 따르면 민항기들은 70~80데시벨 사이다. 조금 시끄러운 교실이나 피아노 연주 수준이다. 이 정도 소음이 난청을 유발할 것 같지는 않다. 그런데도 조종사 가운데는 더러 보청기를 필요로 하는 이들이 있다. 대부분 예순을 넘긴 기장들이다.

조종사의 난청은 나이가 많을수록 그리고 비행시간이 길수록 발생 확률이 높아진다는 보고서가 있다. 하나 마나한 소리 같기는 하지만, 80데시벨 이상의 소음에 주기적으로 장시간 노출되면 영구적으로 청력 손상이 발생한다. 더 나아가 120데시벨 이상의 소음은 즉각적이고 영구적인 청력 손상을 초래할 수 있단다. 그런데 조종사가 120데시벨 이상의 소음에 노출될 일이 있을까?

두 가지 경우가 있다. 첫째, 세스나나 C-130 같은 프롭 항공기를 탈 때다. 이들 항공기의 소음은 이어플러그를 하지 않으면 감내하기 어려운 극심한 수준이다. 그나마 허큘리스보다 조용하다던 CN-235를 탈 때도 일단 엔진 시동이 걸리면 헤드셋이나 이어플러그를 하지 않고는 대화하기가 힘들었다. 헬리콥터야 오죽할까? 가죽으로 만든 북을 머리 위에서 두드리듯 '두두두두' 울리던 공군 HH-47 치누크 헬리콥터에 달린 두 개의 3엽 '로터 소음'은 탑승한 모든 승객을 단 몇 분 안에 잠들게 한다. 거기다가 웬일인지 램프도어 아래쪽만 닫고 위쪽은 열어둔 채 비행하다 보니 로터와 바람 소리가 그대로 기내로 들어온다.

둘째, 조종사들은 쉬는 날 집에서 텔레비전 볼륨을 비정상적으로 높이는 경향이 있다. 조종사와 한 지붕 아래에 살고 있는 다른 식구가 가장 싫어하는 버릇이다. 왜 이렇게 볼륨을 높이는 걸까? 이건 직업적 강박증이라고 보는 것이 옳다. 주변 소음에 가려 목표하는 대상의 소리가 명확히 식별되지 않을 때 조종사들은 극심한 불안감을 느낀다.

상상해보자. 우리는 지금 70데시벨 정도의 소음이 깔려 있는 칵핏에 있다. 순항 중에는 헤드셋을 벗어두고 스피커 볼륨을 주변 소음보다 높은 데시벨로 세팅해둔다. 아니면 한쪽 귀에 헤드셋을 비스듬히 쓴 채로 라디오를 모니터하고 있다. 사무장이나 부기장과 정신없이 수다를 떠는 도중에도 내 주의력은 거의 50대 50으로 관제사의 목소리에 집중하고 있다. 곧 칵핏의 상시 소음인 75데시벨을 넘어서는 100데시벨 이상의 영역에서 언제 나를 부를지 모르는 관제사의 목소리에 귀를 기울이고 있는 것이다.

100데시벨의 소음은 지하철역에서 기차가 도착하며 내는 소음 수준이다. 청력 손상이 발생한다면 이 경우가 더 가능성이 높지 않을까? 결론적으로 조종사의 청력 손상의 가장 큰 원인은 라디오 볼륨을 키워두는 습관을 초래하는 칵핏 내의 높은 소음에 있다.

마지막으로는 항공기 외부의 GPUGround Power Unit, 지상동력장치나 APUAuxiliary Power Unit, 보조동력장치에서 발생하는 소음에 장시간 노출되는 경우다. 역시 이어플러그로 적극 보호하지 않으면 청력 손상이 발생하는 건 시간문제다. 그래서 늘 내 바지 주머니에는 외부 점검 때 사용할 이어플러그 한 쌍이 꼭 들어 있다.

항공사 승무원의 수트케이스

국내 항공사에서 일하던 시절, 외항사 크루들과 공항에서 마주칠 때면 부러웠던 게 하나 있었다. 딱히 외항사라고 해서 우리가 그들보다 부족한 것은 없었지만 이것 하나만큼은 못마땅했다. 바로 수트케이스! '왜 우린 저런 커다란 수트케이스를 지급하지 않는 걸까?' 싶었던 것이다. 크루들을 돋보이게 하는 유니폼은 어디 내놔도 꿀리지 않을 만큼 디자인하면서 왜 저 멋진 가방은 들려주지 않는 것인지 이유를 알 길이 없었다.

레이오버 중에 커다란 수트케이스로도 모자라 그 위에 개인 가방까지 줄줄이 매달고 다니던 외항사 크루들과 마주치기라도 하면 그 속에 가득 담겼을 선물들이 훤히 보이는 듯했다. 턱없이 작은 가

방에 3박 4일 동안 쓸 물건들을 불평 없이 알뜰하게 눌러 담았을 당시 크루들이 마음에 밟힌다. 젊은 크루들이니 얼마나 사고 싶은 게 많았을까. 그때나 지금이나 조종사들은 상황이 나았다. 수트케이스 외에 추가로 커다란 레이오버 가방을 별다른 제한 없이 끌고 다닐 수 있었으니 말이다.

이제는 좀 폼 나게 해주자. 참고로 수트케이스는 기내에 가지고 탈 수 없는 붙이는 수화물이다. 사진은 브리즈번 공항에 도착한 뒤 지상 직원이 가지런히 정리해둔 크루들 수트케이스.

크루가 승객이 되는 비행

언젠가 대양을 항해하는 컨테이너선 선장의 일상을 담은 다큐
멘터리를 본 적이 있다. 요즘 선장들은 다음 항해 스케줄에 맞추기
위해 모든 구간을 배로 이동할 수 없으니 중간 기착지에서 다음 항
구까지 여객기를 타고 이동한다. 국제선 여객기와 화물기를 동시에
운항하는 대형 항공사에서도 비슷한 일들이 벌어진다.

이번 뉴욕 JFK까지의 화물기 비행이 그랬다. 크리스마스 전까지
배달할 편지와 화물이 폭증해 정기 항공편으로 감당할 수 없게 되
자 항공사는 특별 전세 화물기를 띄웠다. 내가 뉴욕까지 몰고 간 화
물기는 연말을 맞아 뉴욕에서 동아시아로 향하는 많은 양의 우편물
을 싣고 바로 출발해버렸다. 이렇게 되면 다음 날 두바이로 돌아갈

조종사들이 문제다. 일시적 수요 때문에 투입한 화물기는 고정 편이 아니니 다른 정기 항공편을 타고 승객이 되어 돌아가야 한다. 이때 기장에게는 퍼스트클래스가, 부기장과 퍼서부터는 비즈니스클래스가 배정되는 게 일반적이다.

그런데 이런 일이 자주 있을까? 자주 있다. 화물기를 비행하게 되면 종종 겪는 일이다. 많은 민항기 조종사들이 화물기를 선호하는 이유이기도 하다. 우선 공항 VIP 라운지를 이용할 수 있고, 퍼스트클래스에 앉을 수 있으니 일반 승객처럼 비행을 즐기게 된다. 그럼, 이렇게 이동하는 시간도 비행시간에 포함될까?

포함된다. 조금 의외일 수 있지만, 비행수당까지 지급되는 것이 일반적이다.

에어필드

1910년대 비행기가 이착륙하는 공항은 어떤 모습이었을까? 사실 공항이라 부르기도 애매하다. 이제 막 항공의 역사가 시작되는 시대에 나무와 천으로 만든 단엽 또는 복엽기들이 뜨고 내리던 곳은 지금 우리가 상상하던 곳이 아니었기 때문이다.

비행기들은 비교적 잘 정돈된 '풀밭'에서 이륙하고 착륙했다. 그래서 이곳을 부르던 최초의 명칭이 바로 에어필드Airfield다. 사실 고정익 항공기가 등장하기 이전에 존재했던 기구나 비행선이 이착륙하던 장소의 명칭을 그대로 사용한 것이라고 보면 된다. 기구나 비행선은 나무나 장애물이 없는 넓은 잔디밭이면 족했을 것이다.

그러면 지금처럼 활주로가 포장되어 있진 않았더라도 이착륙하는 방향은 정해져 있었을까? 조악한 초기 항공기들의 측풍착륙 성능은 아마도 형편없었을 것이다. 거기에 더해 초창기 비행기들의 브레이크 시스템은 지금처럼 독립된 좌우측 시스템이 아니라 동시에 양쪽 바퀴를 잡는 자동차와 비슷한 방식이어서 측풍에 더욱 취약했다.

일부 에어필드는 L 또는 삼각형 모양을 띠었고 착륙과 이륙 방향이 정해진 곳도 있었다. 그런데 이런 모양을 가진 건 의도적이라기보다 모든 방향에서 오는 비행기의 접근과 착륙을 받아들이기에는 주변 지형이나 필드의 크기가 작았기 때문이다. 보다 규모가 큰 평야지대의 에어필드에서는 착륙 방향이 따로 정해져 있지 않았고 바람이 불어오는 방향에 따라 이착륙을 했다.

항공 역사를 살펴보면 인류는 무수히 많은 시행착오를 거치면서 차근차근 발전을 거듭한다. 그 시행착오 중 하나가 바로 포장되지 않은 잔디밭에서 항공기가 뜨고 내리는 것이었다. 이 시기 목숨을 잃은 비행사 대다수는 운항 중 추락으로 사망한 게 아니라 조악한 잔디밭에서 발생한 이착륙 사고로 사망한 것이다.

대서양을 최초로 논스톱 횡단했던 찰스 린드버그가 그의 항공기 '스피릿 오브 세인트루이스Spirit of St. Louis'를 디자인하면서 가장 공들였던 부분이 바로 랜딩기어였다. 착륙할 파리 에어필드의 컨디션을 믿을 수 없었기에 다른 부분은 들어내 무게를 줄였지만 랜딩기어만큼은 더 튼튼한 것으로 교체해 달았다.

그러면 야간 착륙은 어떤 환경이었을까? 지금처럼 활주로에 등이 설치되지 않았기에 아마도 야간 착륙은 원치 않은 불가항력적 비

상상황에서 행해졌을 것이다. 이 시기 일부 항공기에는 야간 착륙에 대비해 두 가지 장치가 설치되었다고 한다. 하나는 항공기 날개 끝에 전기신호로 점화되어 전방을 비추는 마그네슘을 사용한 플레어였고, 다른 하나는 공중에 떨어뜨리는 낙하산 플레어였다.

생택쥐페리의 소설 《야간비행Vol de Nuit》에는 이 시기 조종사들이 낙하산 플레어를 신고 비행에 나섰던 일을 묘사하고 있다. 항법장비가 발전하기 전에는 야간에 자기 위치를 파악하기 위해 종종 지상에 낙하산 플레어를 떨어뜨려 주변을 밝히는 일들이 벌어지곤 했다.

천체 항법을 하던 시절

미드웨이섬에서 일본까지는 약 2400마일 거리였는데 종종 우리는 현재 위치를 완전히 잃어버리곤 했다. 내가 타고 있던 해군 정찰기 P2V의 최대 순항거리는 2400마일보다 조금 더 날 수 있는 정도였다. 우리에겐 마진이 별로 없었다. 항법 에러가 심해지면 언젠가는 바다에 불시착할 것이라고 우리 모두 생각했다. 지도를 보면 알겠지만 이 구간은 그저 망망대해 태평양으로 단 한 개의 섬도 존재하지 않는다. 현재 위치를 확인할 기회를 잃고 나서도 항법사는 조종사에게 계속해서 비행할 방향을 불러주고 있었다. 그가 믿는 하나님과 본능에 의지해 날아가는 시간이 마치 영겁처럼 길게 느껴졌다. 그리고 마침내 요코하마 주파수가 잡혔다. 그날 항법사가 계산한 값은 목적지인 이와쿠니까지

50마일 안쪽의 오차범위를 보여주었다.

_미 해군 P2V 크루로 복무한 존 딜John Dill의 수기.

오래전 항법사들은 주간 비행 중 태양만을 이용해 현재 위치를 육분의六分儀, Sextant, 두 점 사이의 각도를 정밀하게 측정하는 광학기계로 계산해내곤 했다. 최근 들어 육분의 사용법을 공부하기 시작했다. 언젠가 레이오버 중 어느 허름한 도시의 벼룩시장에서 아무도 그 가치를 알아보지 못하고 덩그러니 버려진 1900년대 초 구리로 만들어진 골동품 육분의와 마주치는 상상을 한다. 이 글을 읽은 분들 중 항해사나 선장으로 일하는 분이 있다면 학교에서 실습을 해보았을 것이다. 하지만 공중항법에서 실제 육분의를 사용하는 것과는 조금 차이가 있다.

야간에 별을 이용해 현재 위치의 좌표를 찾는 일은 비교적 쉽다. 밝아서 식별이 쉬운 천체를 기준으로 작성된 《천측력Almanac》이라는 책자만 있으면 된다. 곧 두 천체의 높이(각도)를 순서대로 측정한 뒤 비교해 최종값(자기 위치)을 계산할 수 있다. 문제는 주간이다. 오직 태양만 있을 때 어떻게 자기 위치를 알 수 있을까?

간단히 이야기하면, 비행을 하면서 태양의 높이를 육분의로 측정해 그 각도(현재 위치에서의 태양의 높이)를 기록해둔다. 그리고 천측력 책자에서 오늘 날짜와 시간에 기초해 현재 태양이 머리 정중앙 위(이를 천정Zenith이라고 부른다)에 위치하는 지구상의 위치 좌표(앞으로 기준점이라고 부르자)를 찾아 지도에 표시한다. 이 점이 나중에 그릴 원의 중심점이 된다. 이후 육분의로 읽은 태양의 높이와 천정에

위치한 태양의 좌표(천측력에서 찾아낸 기준점)와의 각도 차이를 거리로 변환한다. 1도는 60마일이다. 만약 각도 차이가 40도라면 2400마일인 것이다. 이 2400마일에 해당하는 원을 조금 전 지도에 표시한 기준점을 중심으로 콤파스를 이용해 그린다. 곧 현재 위치는 이 원의 연필 자국 아래 어딘가다. 오해하지 말아야 할 것은 선 아래 어딘가에 있는 것이지 전체 원 안 어딘가에 있다는 뜻이 아니다. 그러고 나서 약간의 시차를 두고 두 번째로 이동한 지점에서 다시 동일하게 원을 그린다. 이렇게 두 개의 원을 그리면 두 원이 만나는 지점이 두 개가 나오는데 그중 하나가 현재 위치다. 그 지점 간 거리는 보통 수천 마일 떨어진 위치이기에 어느 지점이 자기 위치인지 맞추는 일은 전혀 어렵지 않다.

여기서 문제가 되는 것이 두 원을 그린 시간의 차이에서 발생하는 오차다. 이 오차는 처음 그린 원을 항공기의 이동 방향과 속도를 계산해(이를 추측항법Dead Reckoning이라 부른다) 그 거리만큼 옮겨준 뒤 새롭게 겹치는 두 개의 지점을 다시 찾으면 해결된다. 그러면 정확한 현재 위치를 알 수 있다.

실제 이런 방식의 천체항법으로 1960년대까지 일부 다발 피스톤 항공기들이 태평양과 대서양을 횡단했다고 한다. 10시간 정도 지난 뒤 목적지에 도착해 확인한 오차가 불과 몇십 마일 정도였다고 하니 당시 항법사들의 기량이 대단했다는 걸 알 수 있다.

7장

디어 캡틴 제이

항공기는 활주로를 왜 이탈하나요?

안녕하세요, 기장님! 이번에 폭설이 내리는 시카고 오헤어 공항에서 아메리칸항공이 랜딩 중 미끄러져 활주로 왼쪽 풀밭으로 오버런했는데요. 온라인에서도 택시나 랜딩 중에 미끄러지는 항공기 영상을 종종 보는데, 이에 대한 주요 원인이 무엇인가요? 대처법이 있을까요?

• • •

항공기가 활주로를 이탈하는 이유는 아주 다양합니다. 그런데 질문은 미끄러운 활주로에서 항공기가 왜 이탈하는지에 대한 것이네요. 자동차와 항공기는 방향을 컨트롤하는 데에 큰 차이가 있습니다. 자동차의 방향 유지는 타이어와 노면의 충분한 마찰이 있기 때문에 가능하지요. 곧 타이어가 지면과 밀착되어 있는 한 미끄러지지 않습니다. 하지만 겨울철 빙판길에서 브레이크를 밟게 되면 타이어가 노면에 밀착되지 못해 미끄러지는 현상이 발생하지요. 이때부터 자동차의 진행 방향은 그간 달려온 모멘텀, 곧 관성에 따라 결정됩니다.

항공기도 자동차와 같을까요? 활주로가 미끄러워 접지하자마자 스키드 현상이 발생한다면, 빙판길을 달리는 자동차처럼 손쓸 방법 없이 그저 지켜볼 수밖에 없을까요?

그렇지는 않습니다. 항공기가 랜딩 직후 방향을 유지하는 방법은 자동차처럼 스티어링에 전적으로 의지하지 않습니다. 접지 후 항공기 속도가 약 60노트까지 떨어지기 전까지는 조종사가 러더를 차서 항공기의 수직꼬리날개를 좌우로 움직임으로써 기수 방향을 바꿉니다. 그래서 랜딩 직후 고속에서 미끄러져 활주로를 이탈하는 일은 매우 드뭅니다.

그러면 랜딩한 항공기가 미끄러짐에 가장 취약한 순간이 언제인지 짐작이 가시나요? 그렇습니다. 60노트 이하로 속도가 떨어지면 더이상 수직꼬리날개 주변으로 충분한 공기가 흐르지 않아 러더는 방향 조절에 효과적이지 않습니다. 이때부터는 자동차처럼 전통적인 두 가지 방법, 하나는 좌우 브레이크를 쓰거나(조종사의 양발은 각기 좌측과 우측 브레이크를 따로 밟을 수 있습니다) 아니면 자동차처럼 핸들(스티어링)을 돌려 노즈기어의 방향을 조절합니다. 이 속도에

서는 항공기 역시 자동차처럼 미끄러질 수 있습니다. 저속에서 방향 조절 능력을 상실하면 비행기도 어쩔 도리 없이 관성에 따라 흘러나갑니다. 최후 수단으로 양쪽 엔진의 출력을 조절(추력과 역추력)해 방향을 유지하려고 시도할 수도 있겠지만 이 역시 최후 수단일 뿐 믿을 만한 효과를 주지는 않습니다.

그래서 빙판길에서 자동차를 운전할 때처럼 미끄러운 활주로에 랜딩한 항공기가 저속에 도달하면 조종사는 아주 천천히 조심스럽게 브레이크와 휠을 돌려 택시해야 합니다. 이때부터는 자동차와 다르지 않으니까요.

기장과 부기장의 의견이 충돌할 때는
어떻게 해야 하나요?

부기장으로 비행 중에 만약 기장의 잘못된 판단을 목격하면 어떻게 행동해야 할까요? 적극적으로 의견을 밝혀 기장의 잘못을 알려주어야 하나요? 아니면 그냥 모른 척 넘어가야 하나요?

• • •

조종사 입사 인터뷰의 대표 질문이네요. 기장의 결정이 자기 의견과 다르다고 그때마다 이의를 제기한다면 아무리 인내심 많은 기장일지라도 불편해하겠지요. 제가 부기장이라면 대세에 지장이 없는 작은 것들은 기장의 의견을 따를 겁니다. 대신 나중에 여유가 있고 기장의 기분이 괜찮을 때 오해하지 않도록 조심스럽게 물어볼 수는 있을 겁니다.

"기장님, 궁금해서 그런데요. 조금 전 상황에서 그렇게 결정하신 이유나 근거를 여쭤봐도 되겠습니까?"

이 질문에 파르르 토라져 "그런 건 네가 알아봐야지!"라고 답하는 기장이 있다면 '이 사람은 본받을 만한 사람이 아니구나!' 하고 마음속에서 정리하면 됩니다. 다행히 오해하지 않고 차분하게 설명해주는 분이라면 존경하는 기장으로 남기시면 되고요. 그런데 이견이 발생한 문제가 사소한 것이 아니라면 어떻게 해야 할까요?

우선 시급을 다투면서 안전에 직접적 위해를 가할 수 있는 문제, 이를테면 플레어가 길어져서 그대로 접지하면 활주로를 오버런해 이탈할 것으로 보인다면요? 당연히 부기장은 "고어라운드!"라고 소리쳐야 합니다. 그런데 만약 기장이 부기장의 요구를 무시한다면 어떻게 해야 할까요?(항공사 대부분은 기장이 부기장의 고어라운드 지시를 무시하지 못하도록 규정하고 있습니다) 그땐 부기장이 기장의 휠을 빼앗아야 할까요? 아니면 내가 틀렸기를 바라며 가만히 기다려야 할까요? 아주 어려운 문제입니다. 실제 이 문제로 랜딩을 강행하려는 기장과 고어라운드를 요구하는 부기장이 서로 역조작하는 바람에 항공기가 활주로를 이탈한 사고가 있었습니다(1994년 대한항공의 제주국제공항 활주로 이탈 사고).

이런 시나리오에서는 명확한 답변을 드릴 수 없습니다. 왜냐하면 부기장의 완력에 의한 개입이 오히려 사태를 악화시킬 수 있기 때문입니다. 그리고 부기장의 판단이 100퍼센트 옳다는 보장도 없고요. 그럼, 아주 중요한 이슈에서 서로 의견이 다른데 다행히 시간적 여유가 있는 상황을 살펴볼까요?

먼저 가정을 합시다. 부기장은 이 문제가 안전에 무척 중요한 영향을 미치기 때문에 자기 판단을 번복할 의향이 없습니다. 기장 역시 마찬가지고요. 이때는 어떻게 해야 할까요? 다시 말하지만 시간적 여유가 있지만 그냥 눈감고 넘어갈 사소한 문제가 아닌 경우입니다.

이 때는 제삼자를 개입시키는 게 해결책이 될 수 있습니다. 동승한 다른 기장이 있다면 가장 좋겠지만, 그렇지 않다면 회사의 운항통제부서 또는 정비통제부서에 연락해 자문을 구할 수도 있겠죠. 이마저 여의치 않다면 둘 중 더 안전하고 보수적인 쪽을 택하는 게 바람직합니다.

항공기 타이어가 펑크났는데
왜 F-16이 출격하나요?

저는 비행기와 비행을 좋아하는 평범한 일반인입니다. 최근 뉴스에 펑크 난 항공기를 '호위'하기 위해 F-16 전투기를 출격시킨 사례가 보도되었는데요. 왜 전투기가 호위하는 걸까요? 전투기를 띄운다고 펑크 난 타이어를 고칠 수 있는 것도 아니고, 사고를 예방할 수 있는 것도 아닌데요.

• • •

우선 전투기까지 출동시킨 이스라엘의 대응은 매우 이례적입니다. 이스라엘에서는 특이하게도 이런 종류의 비상에 전투기 출격은 물론 지상에 앰뷸런스를 100대 정도 대기시키는 일이 일 년에 한 번

꼴로 발생합니다. 다른 나라에서는 보기 힘든 과잉 대응이지요.

이륙한 F-16은 홀딩 중인 항공기에 접근해 손상 정도를 시각적으로 확인해 조언했다고 합니다. 이륙 중 발생한 타이어 손상이 어떤 종류인지 확인하는 것은 무척 중요합니다. 기억하다시피 에어프랑스의 콩코드가 이륙 중 화재로 추락한 이유가 바로 타이어 손상 때문이었습니다. 콩코드 항공기의 VR, 곧 이륙을 위해 조종사가 피치를 들어올리며 지면을 벗어나는 속도는 약 400킬로미터에 달합니다. 일반 민항기의 속도는 약 300킬로미터로 그보다는 조금 낮지만 어쨌든 대단히 빠른 속도로 타이어가 회전하기 때문에 만약 이 시기 타이어가 폭발한다면 그 파편은 강한 원심력으로 항공기 날개 하부의 연료탱크나 플랩 같은 조종면에 심각한 손상을 줄 수 있습니다. 콩코드 역시 폭발한 타이어 조각이 엔진과 날개 연료탱크에 손상을 주었고 곧바로 화재로 이어져 조종성을 상실하고 추락했지요. 이스라엘의 대응이 조금 과한 측면이 있긴 하지만 손상 상태를 파악할 목적이었다면 일리는 있어 보입니다.

이런 일도 있었습니다. 예전에 어떤 항공사의 B777이 이륙 직후 타이어 공기압이 제로로 떨어지는 상황이 발생했습니다. 칵핏에서는 이륙 과정에서 이상이 감지되지 않았고 타이어 압력 외에는 다른 증상도 없어서 회사와 협의한 끝에 목적지까지 그대로 진행하기로 결정하고 8시간의 비행 뒤 안전하게 내렸습니다(한 개의 메인 타이어 손상은 램프까지 제한 없이 택시가 허용됩니다). 주기장에 도착해 엔진을 끈 기장은 인터폰으로 정비사와 연결되자 이렇게 말했습니다.

"회사에서 연락받으셨죠? 교체할 타이어는 준비되어 있는 거죠?"

이 질문에 정비사는 난처한 목소리로 이렇게 말했다더군요.

"기장님, 타이어는 준비되어 있는데, 새 날개와 플랩은 미처 준비하지 못했습니다."

이날 폭발과 함께 분리된 타이어 조각이 플랩과 좌측 주날개 하부에 구멍을 낸 채 박혀 있었다고 합니다. 재미있는 것은 비행 중 이를 목격한 창가 승객이 있었는데 비행 중에는 침묵을 지키다가 내릴 때가 되어서야 승무원에게 말했다는군요. 아마, 목적지까지 꼭 가야 할 질박한 이유가 있었나 봅니다. 덕분에 항공기는 임시 수리만 마친 뒤 승객 없이 빈 비행기로 복귀했다고 합니다. 타이어 폭발은 이렇듯 종종 항공기에 심각한 손상을 끼칩니다.

참고로 B747 항공기 타이어 한 개의 가격은 한화로 약 400만 원 정도라고 하는군요. 그렇지만 이 가격은 우리가 일반적으로 생각하는 타이어 가격이 아닙니다. 그러면 여기서 한 가지 질문을 드릴까 합니다. 항공기에 사용하는 타이어는 언제나 신품일까요? 아니면 재생품일까요?

정답은 대부분 재생 타이어입니다. 놀랍지만 사실입니다. A320 항공기의 타이어는 약 250회의 랜딩을 견딜 수 있다고 합니다. 그리고 그보다 큰 B777은 120에서 150회의 랜딩을 견딜 수 있고요. 이 정도 랜딩을 한 타이어는 마모가 심해 홈이 거의 없는 상태가 됩니다. 이렇게 교체된 타이어는 그냥 버리는 게 아니라 제작사가 운영하는 타이어 업체로 운반되어 새 타이어로 다시 탄생합니다. 하나의 타이어가 많게는 '수천 번'의 이착륙을 견디곤 하지요. 그래서 사실 새 타이어인지 재생 타이어인지 자세히 보기 전에는 구분이 어렵습니다.

그래서 항공기 타이어 업체들은 항공사와 개당 타이어 가격을 받는 계약을 하는 게 아니라 타이어당 랜딩 횟수를 보장하는 계약을 합니다. 예를 들어 '3000회 랜딩까지 보장됨' 이렇게 말입니다.

오토랜딩에 대해 알려주세요

안녕하세요, 기장님. 아직 경험이 적은 부기장입니다. 오토랜딩에 대해 궁금한 게 있습니다. CAT1 오토랜딩을 할 때 100피트에서 글라이드슬로프가 아래로 급격히 내려가고 FPM이 900까지 깊어져서 오토랜딩을 중단한 적이 있습니다. 혹시 제가 잘 가고 있는 항공기에 끼어들어 오토랜딩을 중단시킨 게 아닌지 궁금해서 여기저기 찾아보았는데 잘 모르겠네요. 기장님의 조언 부탁드립니다!

• • •

오토랜딩은 아주 편리하고 신뢰할 수 있는 시스템입니다. 그렇

지만 이를 잘못 이해하고 사용하는 경우가 종종 있습니다. 제가 처음 외항사에 입사해보니 오토랜딩과 관련한 인식이 이전에 근무했던 항공사와 다르다는 걸 알게 되었습니다. 이전 항공사에서는 날씨가 애매할 경우 공식적인 것은 아니었지만 오토랜딩을 추천하는 분위기가 강했던 반면, 이곳에서는 CAT1인 상태에서도 오토랜딩을 추천하지 않더군요.

이유는 간단합니다. 저시정으로 접근 카테고리가 CAT2, CAT3로 상향되지 않은 상태에서는 우선 ILS의 전파간섭을 방지하기 위한 ILS민감지역을 관제탑에서 보호할 의무가 없습니다. 또 전파간섭을 방지하기 위해 이착륙 항공기 간의 간격 역시 더 벌리지 않습니다. 따라서 접근하는 항공기가 글라이드슬로프나 로컬라이저 전파의 방해를 받아 비행경로를 이탈할 위험이 존재합니다.

대표적인 사고 사례가 2011년 독일 뮌헨에서 발생한 싱가포르항공 B777의 활주로 이탈 사고입니다. 해당 항공기는 시정이 2000미터 정도에서 사전에 관제탑에 오토랜딩 시도를 통보하지 않은 채임의로 오토랜딩을 수행했습니다. 그런데 동일 활주로 전방에서 이륙하던 다른 항공기가 로컬라이저 전파를 간섭해 고도 50피트에서부터 경로를 이탈하는 일이 발생했습니다. 결국 고어라운드에 실패하고 활주로를 벗어났죠.

이런 사례에서도 알 수 있듯 CAT1 기상에서 오토랜딩을 할 때는 매우 세심한 주의가 필요합니다. 전파간섭을 방지하기 위한 항공기 간 간격 분리도, 지상의 ILS민감지역에 대한 보호도, 그리고 공항

ILS에 대한 백업장비 가동도 이뤄지지 않은 상태이기에 '모든 책임이 조종사에게 있는 시도'입니다.

그래서 제가 아는 한 대부분의 항공사는 CAT1에서 오토랜딩을 추천하지 않습니다. 한국과 달리 이곳에서는 주기적으로 오토랜딩 성능을 확인하기 위한 항공기의 오토랜딩 자격만료가 존재하지 않기에 저시정이 아닌 상태에서 오토랜딩 연습도 실시하지 않습니다.

CAT1 오토랜딩은 실패가 방지되는 안정적 상태Fail Operational가 아니므로 조종사의 개입은 언제나 즉각적이어야 합니다. 그래서 오버라이드한 행동은 적절한 조치로 보입니다. 잘못될 가능성이 높다는 위험을 알고 수행해야 하며, 회복절차에 대한 시뮬레이터 사전 교육과 도착 후 브리핑이 반드시 있어야 합니다. 싱가포르항공 조종사들은 이점을 간과했습니다.

조종사로서 두려웠던 적은 없었나요?

기장님의 글을 읽다 보니 조종사라는 직업이 결코 낭만적이지만은 않다고 느꼈습니다. 혹시 돌이켜봤을 때 기억에 남는 아찔하거나 두려웠던 순간이 있으셨나요? 또 그런 상황에서 어떻게 대처하셨는지 궁금합니다.

• • •

저와 비슷한 경력을 가진 조종사라면 아마도 대부분 '아, 그날 죽을 수도 있었겠구나' 싶은 아찔한 기억이 한두 개쯤 있을 겁니다. 통상 두려움은 '내가 과연 잘 해낼 수 있을까'라는 의심이 들 때 동반되는 감정이지요. 학생조종사 때, 경력이 적은 부기장 때, 신임 기장 때 특히 그렇습니다. 이 두려움은 잘 몰라서, 자기 확신이 없어서 오는 겁니다. 시간이 지나 경험이 쌓이고 지식과 기량에 물이 오르면 차츰 사라지지요.

저는 두 번 죽을 고비가 있었습니다. 여수공항에서 이륙하다가 앞선 항공기의 후류에 말려들어 추락할 뻔했던 적이 있었고요. 비행훈련 중 교관의 실수로 항공기가 저고도(1000피트)에서 조종 불능 상태에 빠졌다가 극적으로 회복한 적이 있습니다. 두 경우 모두 제 능력 밖의 일이었어요.

혹 지금도 여전히 비행하면서 두렵냐고요? 네, 여전히 두렵습니다. 하지만 그 두려움은 자기 확신이 없어서라기보다는 혹시라도 내가 오만해지고 방심한 나머지 막을 수 있었던 사고를 막지 못하는 게 아닐까 하는 두려움입니다. 그래서 정성을 다해 비행을 준비하고 실행함으로써 예상치 못한 위험들을 예측하고 피할 수 있게 해달라고 비행 때마다 하나님께 기도합니다. 이번 생에서 나라를 구할 수는 없겠지만 400명의 승객은 구할 수 있을 테니까요.

'비행을 잘한다'는 말이 무슨 뜻인가요?

비행을 잘한다는 말이 정확히 이해되지 않습니다. 사람마다 다르겠지만 기장님은 어떻게 생각하시나요? 그리고 제 성격이 비행에 적합한지 모르겠습니다. 저는 잘하는 사람 (비행 진도가 빠르거나)을 보면 질투가 나거든요.

• • •

20년 전 비행훈련을 받을 때가 생각나네요. 동일한 일을 겪었고 동일한 마음고생을 했어요. 이런 말이 있죠. "10명 중 1명은 정말 비행에 타고난 사람이고, 또 1명은 절대 비행해선 안 되고 사람이고, 나머지 8명은 평범한 사람이다. 이 8명은 시간이 걸리더라도 노력하면 조종사가 될 수 있다"는 말.

저는 공군 장교 출신입니다. 비행과 전혀 무관한 영문학을 전공했고요. 저와 같은 차반의 동기생들은 항공대학교 ROTC 출신이었습니다. 이들은 대학에서 자가용 면장을 따고 솔로까지 해본 준비된 인재들이었으니 저와 얼마나 많은 차이가 났겠습니까. 처음에는 이 친구들에게 글 동냥하듯 많은 도움을 받았습니다. 실제로 동기생들이 전반적으로 비행을 정말 잘했어요. 3분의 1은 타고난 조종사였지요. 감히 시기할 수조차 없을 정도의 차이였어요. 초등과 중등 비행훈련에서 저보다 늘 앞서 있었죠. 교관에게 인정받으면서 솔로도 빨리 나갔고요. 그렇다고 세상이 늘 그들 위주로 돌아가는 것은 아닙니다. 앞서 말했듯 80퍼센트의 훈련생은 사실 실력이 비슷합니다. 그런데 조종사로 몸담게 되면 1년도 3년도 아닌 자그마치 30년 가까이 그 분야에서 일하게 됩니다. 비행훈련 이후 자기 관리를 어떻게 하느냐에 따라 10년 또는 20년 뒤 그 사람의 실력이 결정되지요. 비행 실력은 노력하기 나름인 것입니다.

그러면 민항사에서는 '감 있는 조종사'를 선호할까요? 저라면 '감 있는 조종사'에게 가점을 주기보다는 좀더 주의해서 볼 것 같습니다. 오만하지 않은지, 앞으로 자기 발전을 게을리하지 않는지를요. 세상살이가 쉬우면 방심하는 법이지요. 80퍼센트의 평범한 사람들은 거북이처럼 꾸준히 가야 합니다. 그래야 경쟁이 됩니다. 토끼는 저만치 앞서가지만 쉬기도 하잖아요. 시간이 많이 흐르면 차이가 거의 없습니다. 토끼와 어깨동무하고 같이 가는 날이 올 겁니다. 그러니 걱정하지 마세요. 단 토끼가 쉴 때 계속 걸어야겠죠.

죄의식은 갖지 마세요. 정상적인 질투입니다. 그 친구를 부러워하고 좋아하는 마음입니다. '나는 잘하고 있다'라며 늘 자신을 다독여주세요.

덧붙이는 말

초기 비행훈련에서 비행을 잘한다는 것은 타고난 감이 있어서 교관의 의도를 바로 알아차리는 센스를 의미할 가능성이 높습니다. 시간이 지나면서 조종사의 기량은 외과의사의 손기술처럼 숙련된 컨트롤 능력을 의미하게 됩니다. 그리고 마지막에는 손기술과 더불어 경험과 지식에 기반한 올바른 판단력을 가진 사람을 두고 '비행을 잘한다'라고 말하게 됩니다.

관제사와 조종사는 어떻게 인사하나요?

평소 궁금했던 게 있습니다. ATC 교신에서 조종사가 관제사에게 건네는 인사에 관한 것입니다. 국내 크로스컨트리 비행을 하다 보면 민항기 교신이 종종 들립니다. 그런데 적지 않은 민항기 기장님들께서 관제사님께 "Good day" "안녕하십니까" 하고 인사를 전넨 뒤 ATC 교신을 이어나가더라고요.

ATC 교신에 대해 공부할 당시 라디오 커뮤니케이션은 일방적 방식이다 보니 필요한 내용만 명료하게 요청한 뒤 빠르게 마이크에서 손을 떼는 것이 중요하다고 배웠습니다.

같은 맥락에서 몇몇 민항기 기장님이 ATC 교신에 앞서 인사하는 것을 '불필요한 행위'라고 말씀하신 것도 들은 적이 있고요. 저는 비행의 가장 중요한 부분이 '안전'이라고 생각합니다. 간단명료한 ATC 교신의 중요성을 강조하는 것도 결국 안전 때문이라고 알고 있고요. 공역에서 항공기들의 원활한 흐름과 조종사-관제사 간 통신대역을 확보하기 위해 짧고 명료하게 교신하는 게 바람직할 것 같은데 기장님 의견은 어떠신가요?

• • •

간단히 답하면 저는 늘 교신할 때 인사를 건넵니다. 전 세계 공항을 다니면서 열에 아홉은 그렇게 하지요. 그리고 제가 아는 대부분의 민항기 조종사들 역시 관제사분과 짧게 인사를 나눕니다.

"굿모닝, 인천컨트롤, 드림에어○○○, 플라이트레벨 300."

제 경험에 따르면 인사를 전할 여유가 없는 곳들은 이런 사정을 노탐이나 ATISAutomatic Terminal Information Service, 공항정보자동방송서비스에 명시하거나 가장 흔하게는 그 전 구간의 관제사가 주파수를 넘겨줄 때 미리 조종사에게 조언을 합니다

"드림에어○○○, 127.9로 두바이컨트롤과 접촉하시되 콜사인만 말하세요Contact Dubai control 127.9 CALL SIGN ONLY" 이렇게요.

이런 지시를 받으면 일체의 군더더기 없이 "두바이컨트롤, 드림

에어○○○"라고만 최초 교신을 마칩니다. 이때 인사를 하거나 고도나 속도를 줄줄이 말하면 많은 조종사에게 민폐를 끼치게 됩니다.

항공 트래픽이 점점 증가하다 보니 이런 식의 "call sign only"라는 지시를 내리는 공항이 점점 늘어나는 추세입니다. 전 세계 대형 공항의 접근관제나 타워 주파수는 대부분 "call sign only"일 것입니다. 일단 주파수에 들어가보면 끼어들기 어려울 정도로 정신이 없습니다. 이럴 때는 별도의 언급이 없더라도 "타워, 드림에어○○○, 굿모닝!"이라고만 한 뒤 기다리는 게 좋습니다.

이 정도 여유도 허락하지 못할 만큼 분주한 대형 공항에서는 그라운드에서 타워로 넘겨줄 때 꼭 "드림에어○○○, 모니터 118.2"라고 말합니다. 모니터라고 말하는 것은 타워 주파수로 넘겨주었지만 먼저 부르지 말고 불러줄 때까지 대기하라는 의미입니다. 이런 공항에서 습관적으로 타워를 부르면 바로 관제사에게 핀잔을 듣습니다.

인사를 할 것인가, 말 것인가가 중요하다기보다는 조종사들이 말하는 에어맨십, 곧 '눈치 있게 교신해야 한다'가 더 중요한 것 같습니다.

"굿모닝"이라고 한 마디 하는 데 1초도 안 걸려요. 다시 말하지만 언제나 기준은 노탐이나 ATIS에 "call sign only"라고 명시되어 있거나 주파수를 넘겨주는 관제사로부터 지시가 있었는지 여부입니다. 그리고 눈치!

테크닉을 하나 소개하자면, 너무 혼잡해서 다른 항공기와 자꾸 교신이 겹칠 때 저는 종종 송신을 하기 전 라디오 버튼을 한번 눌렀다가 떼고, 그때 다른 이들의 교신이 없으면 관제사에게 제 의도를 이야기합니다. 그리고 혹시 송신 중 다른 항공기가 동시 송신했을 가능성이 있다고 의심이 들면 송신 마지막에 제 콜싸인을 한 번 더 붙입니다. 그러면 관제사는 동시 송신으로 처음에 제 콜싸인을 알아듣지 못했더라도 "더블 트렌스미션, 콜싸인 다시 말씀해주시겠어요?"라고 번거롭게 말하지 않아도 됩니다.

그리고 혼잡한 관제 상황에서 중요한 요구사항이 있는 경우 한마디만 하고 기다리세요. 이 말을 하면 관제사가 먼저 대답할 가능성이 높습니다. 비상선포를 의미하는 'Pan'이나 'Mayday'가 아닙니다.

"컨트롤, 드림에어○○○, 요구할 사항이 있어요Request!"

이렇게 말하면 다른 항공기와 동시 송신될 확률도 적고, 관제사의 호기심도 불러일으킵니다.

기장님은 영어를 어떻게 극복하셨어요?

저는 미국의 한 고등학교에 재학 중인 조기 유학생입니다. 혼자 미국에 온 지 한 달 반이 지났고 열심히 적응 중입니다. 그런데 영어 실력 때문인지 자꾸 주눅이 들더라고요. 기장님은 어떻게 극복하셨어요?

• • •

며칠 전 아내와 운전을 하면서 두바이 라디오를 듣고 있었어요. 음악과 함께 광고가 한참 나오는데 아내가 "알아듣지도 못하는데 왜 켜두는 거야? 끌까?"라고 말하더군요.

"나는 다 알아듣는데?"

"지금 저 인디언들이며 영국 애들 말을 다 알아듣는다는 거야?"

"응, 신기하네. 그러고 보니 이젠 다 들려."

"나도 학교를 다녀야 빠른 영어가 들리려나? 나 학교 보내줘."

이곳에서 가장 힘들었던 것이 들리지 않는 고통이었습니다. 영국, 스코틀랜드, 남아프리카, 인도, 파키스탄 등 너무도 다양한 영어가 섞여 있다 보니 발음 문제를 해결하고 난 뒤에도 리스닝 문제가 가장 마지막까지 저를 괴롭혔습니다. 리스닝에 문제가 있다 보니 스스로 위축되면서 사람을 피하게 되더라고요. 점점 더 수렁에 빠져드는 느낌이었습니다. '내가 과연 이곳에서 잘 해낼 수 있을까' 싶어 아주 오랫동안 회의감이 들더군요.

그런데 결국은 시간이 해결해주었어요. 매일매일 고통스러운 언어 문제를 안고 비행을 하면서도 제 귀는 계속 배우고 있었던 겁니다. 알아채지 못할 만큼 천천히 나아져서 결국에는 영국 영어든 인도 영어든 가리지 않고 알아듣는 귀로 마침내 성장했습니다. 고통스러운 시간을 인내하며 자신을 다독이는 게 더 중요한 것 같아요.

'잘하고 있어. 피하지 않고 나아가면 반드시 그 날이 올 거야. 반드시 올 거야.'

어두운 터널을 지나는 과정에서 위축되는 마음이 드는 건 아주 자연스러운 '성장통'입니다. 그러니 포기하지 말고 계속 정진하시길 바랍니다. 그 날이 꼭 올 테니까요.

조종사 가족에 관해 묻고 싶습니다

조종사를 직업으로 선택하기에 앞서 걱정이 있습니다. 자주 비행을 나가다 보면 가족과 떨어져 있어야 할 텐데요. 기장님은 어떻게 하셨나요? 혼자 있어야 할 아내가 걱정됩니다.

• • •

배우자가 의존적인 성향이라면 처음에는 많이 힘들어할 겁니다. 가장 이상적인 조종사의 배우자는 여행을 좋아하는 독립적인 성격을 가진 사람이라고 생각해요. 스스로 해결해야 할 일이 많으니까요. 제 아내도 제일 먼저 운전을 배웠어요. 아이들이 아플 때 제가 도

외줄 수 없는 경우가 많으니까요. 그렇지만 쉬는 날이 한 달에 보름 가까이 되기도 합니다. 남들보다 더 자주 여행을 가거나 가족과 많은 시간을 보낼 수 있죠. 그런데 시간이 지나다 보니 어느 순간 제가 집에 있는 걸 아내가 힘들어하더군요.

"당신, 무슨 좋은 일 있어? 오늘 유난히 기분이 좋아 보이네?"

"당신, 내일 비행 가잖아!"

인생이 다 그렇습니다. 영원히 불타는 모닥불은 없지요.

조종사의 사무실 근무는 어떻게 결정되나요?

항공사 사무실 근무에 대해 질문 드립니다. 안전이나 사고 조사를 전담으로 하는 부서가 항공사에 따로 존재하는지, 조종사가 이런 부서에서 비행을 병행하며 근무할 수 있는 지 궁금합니다. 또 사무실 근무가 어떻게 편성되는지, 자원 인지 강제인지도 알고 싶습니다. 더해서 항공사고나 안전 분야의 스페셜리스트가 되기 위해 따로 준비해야 하는 자 격증이나 학위가 있나요?

• • •

먼저 비행안전에 관심을 가져주셔서 감사합니다. 항공사에서 조종사의 사무실 근무는 체계를 갖춘 항공사에서는 공개 지원이나 평가를 통해 선발하지만, 규모가 작은 항공사에서는 비공개로 채용하는 것이 일반적입니다.

제가 사무실에서 근무할 때는 한 달에 약 10시간 정도만 비행을 했습니다. 통상 민항기 조종사들의 월 비행시간이 80여 시간인 것을 감안하면 무척 적은 시간이지요. 그렇지만 보수는 오히려 높게 인정받았습니다. 제 기억에 월 90시간 정도를 보장받은 것 같아요.

하지만 사무실에 오래 있는 것은 바람직하지 않습니다. 기량이 현저히 떨어지는 것을 곧 느끼게 되거든요. 스스로 밸런스를 찾아야 합니다. 민항기 조종사의 경력은 비행시간으로 평가받습니다. 온전히 비행만 하는 조종사가 될 것인지 사무실 조종사로서 특수한 역할을 감당하며 일할 것인지 현명하게 판단해 미래를 대비해야 합니다.

모든 항공사에는 안전보안실이라는 비행안전관리부서가 존재합니다. 이곳에서는 항공사의 각종 사건사고를 분석하고 처리합니다. 문제가 발생할 경우 조사를 통해 대책을 담은 보고서를 만들어내지요. 이에 반해 제가 근무했던 운항품질부는 검열Audit을 통해 조종사들이 비행 전반에서 규정을 준수하고 있는지 점검하고 잠재적 위협을 찾아내 회사의 각 부서가 이를 제거하도록 조언하는 데에 중점을 둔 부서였습니다.

항공업계에는 여러 전문 분야가 관여하고 있습니다. 안타깝게도 그러다 보니 사실 어디에서 어떤 교육을 받아야 하는지 찾는 것조차 쉽지 않을 때가 있습니다. 그래서 이런 전문분야에서 일하고자

하는 사람은 컨퍼런스에 주기적으로 참여해 해당 분야의 흐름을 파악하고 서로 정보를 공유하는 것이 일반적입니다.

비행안전 분야는 FSFFlight Safety Foundation, 비행안전재단의 활동을 살펴보시길 추천합니다. 국내 전문가들은 외국 대학에 개설된 비행안전 코스를 이수한 경우가 대부분입니다. 국토부 소속의 항공철도사고조사위원회, 공군의 항공안전단 같은 조직에서 이들 전문가가 활동하고 있습니다. 그리고 이 분야의 전문가가 되고 싶다면 먼저 영어 실력을 늘리길 조언합니다. 결국 항공 전문가로 성장하기 위해 가장 현실적으로 필요한 부분이니까요.

음주운전 전력이 있으면 조종사가 될 수 없나요?

저는 젊은 시절 음주운전으로 처벌받은 전력이 있습니다.
이 경우 나중에 항공사 취업에 제한이 있을까요?

· · ·

동일한 질문을 여러 사람에게 받았습니다. 그중에는 한국에 있
는 분도 있었고 미국에서 비행교육을 받고 있는 분도 있었습니다.
세 가지 부분에서 말씀드리겠습니다.

첫째, 제 주위에 음주운전으로 처벌받고도 비행을 하고 있는 분
이 있는지 살펴보았습니다. 실제로 몇몇 항공사 기장이 비행 전 음
주 불시검사에 적발되어 사직한 경우가 있었습니다. 이분들은 당시

다른 항공사에 바로 취직이 되었다고 합니다. 경력직 조종사가 부족한 현실에서 항공사가 눈감아주고 채용한 것일 수 있습니다. 만약 신입 채용이라면 어려웠을 것이라는 생각이 듭니다. 전 세계 모든 항공사는 일반적으로 입사 인터뷰 전에 무사고 비행경력증명서와 범죄경력증명서를 요구합니다.

둘째, 한국에서는 비행학교에 입학할 때 범죄경력증명서를 필수로 요구하지는 않는 것 같습니다. 그렇지만 제가 확인해본 유럽의 비행학교는 입학 전 범죄경력증명서를 필수로 요구합니다. 나중에 취업이 안 될 수 있기 때문입니다.

셋째, 각 항공사마다 채용 기준이 다르고, 사실 법으로 '이런 사람은 조종사로 채용해서는 안 된다'라고 명확히 쓰여 있는 것이 아니기에 채용 담당자에게 직접 물어보는 것이 좋겠다는 생각이 들더군요. 그래서 직접 문의해보았습니다. 그가 전하는 국내 항공사의 채용 기준은 음주운전으로 처벌받은 경우 서류전형에서 제외한다고 합니다. 기존에 입사한 사람 중에서도 음주 전력이 사후 발견되어 퇴사시킨 적이 있다고 하더군요.

결론을 말하자면, 음주운전 처벌 전력이 있는 경우 항공사에 운항승무원으로 취업하는 데 분명히 제한이 있습니다. 물론 한 번의 실수인데 너무 가혹한 것 아니냐고 할 수도 있습니다. 그렇지만 항공사에서는 음주운전 전과를 무척 심각하게 바라봅니다. 앞서도 잠시 언급했지만 비행 전 불시점검에서 조종사의 음주 사실이 적발되면 조종사를 바로 해고합니다. 그리고 거기에서 끝나는 게 아니라 해당 항공사는 거액의 과징금을 내야 합니다.

적절한 선에서 음주를 자제하지 못한다면 안전과 관련 있는 직업은 택하지 않는 것이 현명합니다. 이제는 그 누구도 눈감아주지 않습니다.

아직 조종사의 꿈을 꾸고 있어요

30대 후반의 직장인입니다. 안정적인 직장을 다니고 있지만 어릴 적 꿈인 조종사에 대한 미련을 아직 버리지 못하고 있습니다. 지금 비행교육을 받고 조종사에 도전하는 것에 대해 어떻게 생각하시는지요. 그리고 만약 결심한다면 국내나 국외 중 어느 곳에서 교육받는 게 나을지 알고 싶습니다.

• • •

어릴 적 꿈은 오랫동안 가슴에 남지요. 그러나 현실적인 부분을 먼저 말씀드리고 싶습니다. 첫째로 비행교육에 들어가면 최소 1억 원 이상의 비용이 필요합니다. 그리고 최소 5년간은 소득이 없을 수도 있어요. 이 말은 그 5년 동안 가족을 부양하지 못할 뿐 아니라 자신도 누군가의 부양을 받아야 하는 위치가 된다는 것을 의미합니다. 누군가의 도움을 받거나 모아둔 돈이 있어야 가능한 일이겠지요.

둘째로 나이 문제입니다. 민항사에서 기장이 되기 위한 연령 상한선을 보통 45세로 봅니다. 아마도 항공사는 그 나이가 넘어가면 새로 익혀야 하는 기장 업무를 따라가기 어려울 것이라고 판단하는 게 아닌가 싶습니다. 지금 비행을 배워 40대 중반에 민항사에 입사하더라도 기장이 되기에는 확률이 매우 낮아 보입니다. 평생 부기장으로 남을 수도 있습니다. 회사 입장에서는 나이 많은 부기장을 채용할 때 더 주의를 기울일 수밖에 없습니다. 저에도 한국에서 민항사 기장을 바라보고 교육을 받고자 한다면 말리고 싶습니다.

한 가지 방법은 있습니다. 한국이 아닌 외국에서 비행 생활을 할 각오가 되어 있고 영어에도 능통하다면 가능합니다. 단발이나 쌍발의 작은 항공기일 수는 있겠지만 어쨌든 조종사로서 생활할 수는 있을 것입니다.

사람들 앞에 서는 것이 두려워요

조종사가 되는 게 꿈인 20대 초반의 학생입니다. 하지만 그 꿈을 이루기에는 어려움이 있습니다. 저는 많은 사람이 있는 곳에 서면 심하게 긴장을 하거든요. 이걸 극복하려고 여러 시도를 해보았지만 잘 되지 않더라고요. 기장님과 제가 겪은 '긴장'은 분명 다르겠지만 기장님께서는 수천억 원 가치의 화물이나 300명이 넘는 소중한 생명을 책임져야 한다는 데서 오는 긴장감 또는 부담감을 어떻게 해결하시나요?

• • •

세상에 사람들 앞에 서면서 떨지 않는 사람이 있기는 할까요?

만약 그런 사람이 있다면 그 능력은 타고나는 게 아닐까요? 제가 아는 사람 대부분은 사람들 앞에 설 때 다들 긴장하더라고요. 저 역시 매번 어색하고 떨립니다. 처음 만나는 15명의 외국인 크루 앞에서, 그중 절반은 영국이나 호주 등 원어민인 상황에서 영어로 브리핑하고 농담을 건네는 일이 솔직히 늘 부담스럽습니다. 그렇게 떨고 긴장하면서 실수도 수없이 합니다. 덜렁거리는 성격은 나이 쉰이 되어도 고쳐지지 않더라고요. 20년 동안 비행하면서 칵핏에 두고 온 물건만 해도 어마어마합니다.

그런데 사람들은 제가 떨지도 않고 무척 꼼꼼한 사람인 줄 알아요. 왜일까요? 떨지 않고 꼼꼼해지려고 노력하는 '이미지'를 보기 때문입니다. 단정한 유니폼과 비행정보를 정리한 노트를 보고 '기장은 꼼꼼한 성격이구나!' 생각하는 것이지요.

삶은 자기가 가지고 있지 않은 부분을 얻기 위해 노력하는 과정입니다. 우린 완벽하지 않기 때문에 늘 이상적인 어떤 모습을 만들어두고 자신을 바꾸려고 하지요. 떨려서 해야 할 말을 하지 못하면 안 되기에 때로는 완벽한 척, 차가운 척 노력하는 겁니다. 누가 싫은 소리를 하고 싶을까요? 그렇지만 실수를 깨닫지 못하는 크루가 있기에 때로는 야단도 쳐야 합니다.

그러고 보면 인생은 연극입니다. 되고 싶은 어떤 이상적인 모습을 만들기 위해 오늘도 연극을 하는 것이지요. 그렇게 오랜 시간 노력하다 보면 어느 날 '진짜 내가 누구지?' 싶은 날이 옵니다. 폭풍이 몰아치는 날 별 것 아닌 척 랜딩을 맡지만 안전하게 내린 뒤 안도감

이 들면 택시 중 다리가 덜덜 떨려오기도 합니다. 그 긴장감을 이겨내는 힘은 '남들도 나와 같다는 생각' 그리고 '자신을 신뢰하는 마음'에서 나오는 게 아닐까 합니다. 그러니 늘 노력하는 자신을 토닥여주세요. '힘들지? 잘하고 있어. 이번에도 잘 해줘서 고마워' 이렇게요. 그리고 실수할까 두려워 시도조차 하지 않는 바보가 되지 말아야 합니다. 얼굴이 붉어져도 사람들 앞에 계속 서야 능청스러워질 수 있어요. 단언컨대 실수 없이 성장하는 사람은 없습니다. 실수하세요. 많이 하세요. 그래야 성취할 수 있습니다.

대부분의 조종사는 자신이 좋은 조종사이며 안전한 조종사라고 믿는다. 그 믿음 없이 수백 명의 목숨을 책임지는 일은 상상하기 힘들다. 우리는 그 믿음을 유지하기 위해 무수히 많은 날을 '자기 회의'와 싸우며 괴로워한다.

'나는 과연 좋은 조종사일까?'

'이 어려운 과정을 끝내고 다음 단계로 넘어갈 수 있을까?'

매번 마지막일 것 같은 '자기 회의'와 '확신'을 은퇴하는 그날까지 반복할 것이다. 이 일이 힘든 이유는 비행이라는 현실 자체보다는 스스로의 부족함을 끊임없이 동료들과 함께 목도해야 해서다.

조종사들은 자기 자신에게 참 모진 사람들이다. 나 역시 그랬다.

고통스러운 시간의 강과 골짜기를 수없이 지나왔다. 그때마다 포기하지 않을 수 있었던 것은 나 자신을 잘 다독여주었기 때문이라 생각한다.

이 책이 잠시 어두운 터널을 지나고 있을 이들에게 조금이라도 힘이 되어줄 수 있었으면 좋겠다. 홍콩을 향해 날아가는 고도 3만 5000피트 상공의 하늘은 오늘 밤에도 푸를 것이다.

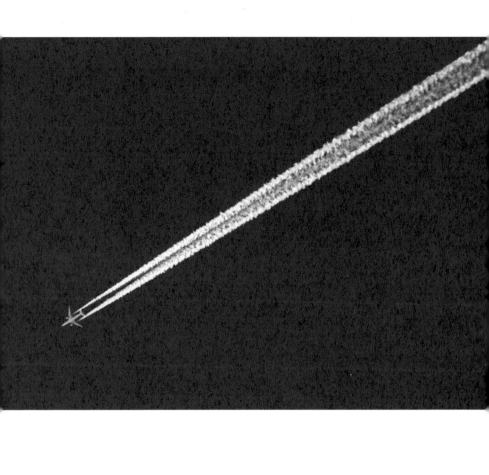

언제나 파일럿

1판 1쇄 찍음 2022년 05월 10일
1판 1쇄 펴냄 2022년 05월 20일

지은이 정인웅
펴낸이 천경호
종이 월드페이퍼
제작 (주)아트인
펴낸곳 루아크
출판등록 2015년 11월 10일 제2021-000135호
주소 10083 경기도 파주시 회동길 480, 아트팩토리 NJF B동 233호
전화 031.998.6872
팩스 031.5171.3557
이메일 ruachbook@hanmail.net

ISBN 979-11-88296-55-2 03810